俄罗斯精短文学经典译丛

诗意心灵系列

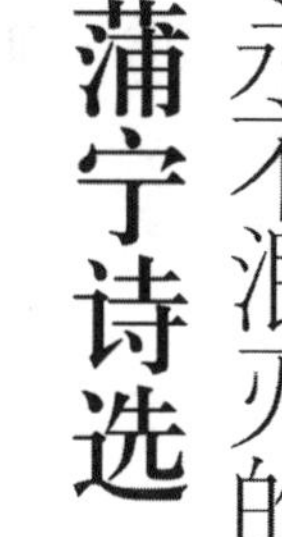

永不泯灭的光——蒲宁诗选

汪剑钊 主编

【俄】蒲宁 著

谷羽 译

读者出版传媒股份有限公司

敦煌文艺出版社

图书在版编目（C I P）数据

永不泯灭的光：蒲宁诗选 /（俄罗斯）蒲宁著；谷羽译. -- 兰州：敦煌文艺出版社，2013. 12(2023.4 重印)
（俄罗斯精短文学经典译丛）
ISBN 978-7-5468-0623-5

Ⅰ. ①永… Ⅱ. ①蒲… ②谷… Ⅲ. ①诗集—俄罗斯—现代 Ⅳ. ①I512. 25

中国版本图书馆CIP数据核字（2013）第295580号

永不泯灭的光——蒲宁诗选
汪剑钊　主编
〔俄〕蒲宁　著
谷　羽　译
责任编辑：赵　静

敦煌文艺出版社出版、发行
本社地址：(730030)兰州市城关区曹家巷1号
0931-8773084(编辑部)　　0931-2131387(发行部)

三河市嵩川印刷有限公司
开本 787 毫米×1092 毫米　1/16　印张 16　插页 1　字数 85 千
2014 年 6 月第 1 版　2023 年 4 月第 3 次印刷

ISBN 978-7-5468-0623-5
定价：49. 80 元

出版说明

2013年，我社开始策划出版“世界精短文学经典译丛”，这套丛书约请国内最优秀的翻译家担任主编和译者，将世界几大主要语言写成的短篇作品择优选入，并按照一定的主题和体裁进行分类，以独特的视角呈现出各国文学的基本面貌，为我国读者了解世界文学提供了一个较为广阔的平台。“俄罗斯精短文学经典译丛”即是这套选题中的一种。

俄罗斯文学影响了中国几代人的成长，让他们形成了特有的精神风貌和对世界的认知方式，但因为复杂的历史原因，这一精神资源的承续和发展出现了断裂。为重新深入挖掘、整理俄罗斯经典文学的优秀资源，我们倾心推出“俄罗斯精短文学经典译丛”（20册），分为“诗意自然”“诗意人生”“诗意心灵”和“诗意生活”等四个系列，让读者再一次感受俄罗斯文学的独特魅力，在阅读中汲取有益的精神养分，提升对诗意生活的自觉追求，丰富人们的内心精神世界。

敦煌文艺出版社

2014年5月

序言:诗人的胸襟与眼光

□谷　羽

伊万·阿列克谢耶维奇·蒲宁（1970—1953），出身于没落贵族世家，在学校只读了四年书，全靠自学成材。他十六岁发表处女作，十七岁出版第一本诗集，三十岁成名作《落叶集》问世，三十三岁获得俄罗斯科学院普希金奖，三十九岁被推选为科学院院士，五十岁流亡法国，六十三岁荣获诺贝尔文学奖，成为俄罗斯获此殊荣的第一人。获奖给他带来了国际声誉，赢得了俄罗斯侨民文学界的推崇，但他却在苏联国内遭遇忌恨、斥责、冷落与封锁，致使他日后返乡的梦想落空，八十三岁终老于巴黎。

蒲宁是诗人，也是小说家。他以诗人的身份步入文坛，认为自己首先是诗人。他一生写诗，直到晚年，从未间断。但他的诗名被小说家的名声所遮掩。蒲宁是很有个性的诗人，他的诗歌创作鼎盛时期（1900-1920）正好与俄罗斯白银时代相吻合。当时俄罗斯诗坛，流派纷呈，许多诗人标新立异。而他却固守传统，茹科夫斯基、普希金、巴尔丁斯基、丘特切夫、费特、波隆斯基等，是他最为推崇的诗人。乡村、自然、生与死、爱的欢乐与痛苦、域外游历、世界历史与文化，是他经常涉笔的主题。在诗歌形式方面，他也遵循传统，从未感受到格律的束缚，八行诗、十四行诗，写得出类拔萃；抑扬格、扬抑格，乃至连环三韵体，运用起来达到了炉火纯青的地步。难怪有些评论家称呼他为“最后的俄罗斯经典诗人”。

他有很长时间跟高尔基友好相处，许多著作在高尔基主持的知识出版社出版。1916年高尔基在给他的一封信中写道：“发表您的诗和您的小说，对《文学年鉴》和我都是一桩大事。这并非一句空话。我爱您，请别见笑。我喜欢读您的作品，在我这纷扰困顿的生活中，怀念您，谈论您，大概您是最好的、最有意义的诗人……对我说来，您是伟大的诗人，当代首屈一指的诗人。”

尽管受到高尔基如此器重，蒲宁还是在1918年离开了高尔基，离开了莫斯科，漂泊到南方城市敖德萨，1920年1月22日，他永远离开了祖国俄罗斯。

对于蒲宁及其诗歌，长期以来存在着误读与误解，有人说“蒲宁擅长写乡村、自然，是为没落贵族唱挽歌的歌手”，有人指责诗人不该流亡国外，导致“失去根基，才思枯竭”。其实，这两种看法都很片面，大大缩小了诗人的创作范围，也贬低了蒲宁诗歌的审美内涵与精神价值。

蒲宁虽出身贵族，但年轻时经历过很多坎坷，对社会底层生活有深刻的观察与了解，其早期作品《乡村乞丐》，是写给轮船刷油漆的黑人孩子，写带着猴子流浪的克罗地亚人，处处体现出他同情弱者的人道主义情怀。

蒲宁多次出国游历，足迹遍布欧洲、中亚、非洲很多国家。诗人具有开阔的国际视野，深厚的文化积淀，胸襟博大，眼光锐利，回顾与思索世界文化发展史，他对杰出的历史人物、对不同宗教信仰与民族文化给予理解与尊重。他的许多诗篇，就其精神价值而言，已经超越了民族疆界，成为世界诗坛的杰作与全人类宝贵的文化遗产。请听他笔下布鲁诺的呐喊：

众人皆奴隶。你们的君主是野兽：
我将推翻盲目尊崇的王权宝座。
你们关在神庙里：我为你们打开门，
看灿烂光明，看蓝天深邃辽阔！

《乔尔丹诺·布鲁诺》，1906）

追求真理的布鲁诺，面对火刑，毫不畏惧，视死如归。他孤傲勇敢的呼声，穿越时代迷雾与风雨，震撼了多少心灵！蒲宁颂扬布鲁诺，追求人格独立、思想自由，诗人与布鲁诺的气质品性一脉相承：为求真理，不怕孤立！

蒲宁深知诗人肩负的使命，他们付出艰难生存的代价，换取身后的荣耀，他们坟头十字架上的花朵，尽是来自后人的敬重。作为诗人，蒲宁对语言极其珍惜与敏感。《碗上题词》，借助考古发现的情节，以三千年前的文字，传达着墓主人的信念：

永恒的只有无边的海与天，
永恒的只有太阳和美的大地，
永恒的只有一条看不见的线——
让生存者的心与亡灵相牵连。

联结生者与逝者，联结当代与远古的那条线，就是语言和文字。

陵墓、木乃伊和尸骨沉默无声——
　　唯独语言被赋予生命；
自茫茫远古，在宁静的乡村古坟，
　　只有文字才发出声音。

我们再也没有更贵重的财产，
　　岁月充满了忧患！
我们对文字务必要加倍保护，
　　语言——是不朽的财富。
（《语言》，1915）

在诗人蒲宁看来，语言文字具有超脱死亡的生命力，是不朽的财富；也只有心血与生命凝就的语言，才能抗衡权势的欺压与金钱的收买，永远闪烁艺术的光芒。

出国流亡，是他极其痛苦、万不得已的抉择。为了维护个人的信念，他忍受思乡之苦，是必然付出的代价。很多俄罗斯流亡诗人写乡愁，但写得最简洁、最凝练、最生动、最感人的，还是蒲宁的杰作：

鸟儿有巢，野兽有洞。
　　年轻的心有多么沉痛，
当我辞别父母的家园，
　　离开故居说声“再见！”

野兽有洞，鸟儿有巢。
　　心儿痛苦啊，怦怦直跳，
当我背着破旧的行囊，
　　画着十字走进陌生客房！

（《鸟儿有巢……》，1922）

纳博科夫推崇蒲宁是丘特切夫之后最杰出的诗人。傲慢的诗人吉皮乌斯，在蒲宁的诗篇面前，也不得不低头，表示赞许与钦佩。

蒲宁一生创作了八百多首抒情诗。写得最多的当属赞美乡村与自然风光的短诗。他继承了普希金风景抒情诗的传统，以现实主义艺术手法、色彩鲜明地描绘俄罗斯的四季变化。乍看上去，诗句平淡如散文，又像跟朋友娓娓絮谈。可你细细品味，那些俄罗斯风景特有的细节，散发着诗情画意，比如他写“坑坑洼洼的道路”“草地飘浮的白雾”“绿油油的燕麦”，跟他的前辈大诗人一样，蒲宁致力于挖掘自然风光中永不凋谢的意象之美：

世界各个地方都充满了美，
人间万物让我感到亲近可贵。
（《在草原上》，1889）

金色的秋天是普希金最欣赏的季节。蒲宁除了喜爱多姿多彩的秋天，还经常描写春夏两季的优美风光：

远处田野半个时辰雾气蒙蒙，
倾斜的万千雨丝来去匆匆，
变得气息清新的片片草地，
重新笼罩着蓝莹莹的天空。
（《远处田野半个时辰雾气蒙蒙……》，1889）

蒲宁擅长借景抒情，他的视觉、听觉和嗅觉极其敏锐，善于发现自然界的微妙变化。诗人的调色板上，蓝、青、绿、黄，色彩纷呈，变化多端。他还特别爱用复合性色彩，比如“圆锥形的墨绿云杉”“黄白参半的原野”“银中泛绿的光线”。当然，广为传诵的还是《落叶》中的诗行：

森林恰似绚丽的彩楼，
呈现绛紫、朱红、金黄。
又像欢快斑斓的高墙，
下边的空地开阔敞亮。

蒲宁喜欢色彩与音响的交汇，倾听“森林寂静神秘地喧腾”。他的想象力极为丰富，擅长运用通感，化静为动：

绸缎上的彩色蝴蝶，
依然会飞舞，颤动翅膀——
在湛蓝色的天花板上
颤动，发出沙沙的声响。

（《总有一天……》，1916）

在蒲宁的诗中，各种各样的鸟儿婉转歌唱，不仅有夜莺、杜鹃、云雀、柳莺的歌声，还能聆听鸫鸟、秧鸡、红腹灰雀的鸣叫。诗人特别擅长调动读者的感官，让人产生身临其境的梦幻感觉：

看不见飞鸟。森林凋零，
枝叶渐渐稀疏呈现病容。

蘑菇消失，但沟壑里面
潮湿的蘑菇气味还很浓……
（《看不见飞鸟……》，1889）

玻璃似的雨滴，罕见又饱满，
夹带着沙沙沙欢快的响声，
待雨水过后，森林一派青翠，
呼吸畅快清爽，四周安静。
（《夕阳西下之前……》，1902）

读蒲宁的诗，我们仿佛能嗅到森林、田野的气息，闻得见草地和秋天落叶的味道。在他的笔下，炊烟居然有“蜜味与果香”，“花园的气味儿清新，融雪的房顶散发暖意”，田野飘浮“燕麦和雨水的气味儿”。

诗人四十七岁时写的《铃兰》（1917），回忆青春岁月的花朵，仿佛还能闻到那如丝如缕的花香：

光秃秃的树林里，寒冷……
你在枯叶之间闪闪发亮，
那时节我还相当年轻，
刚刚涂抹最初的诗行——

你是那样新鲜、水灵，

略带一丝酸楚的芳香，
就永远浸润了一颗心——
我纯洁又年轻的心房！

正是凭借非凡的感受才能，诗人在日常所处的居室中才随时感受“幸福”的滋味：

窗户敞开。一只鸣叫的小鸟
飞落在窗台。在那一瞬间，
放下书，我移动疲惫的视线。

傍晚时刻，天幕辽远空阔。
打谷场上传来脱粒机的轰鸣……
我看，我听，幸福洋溢心中。

（《傍晚》，1909）

出国以后，诗人怀念故乡的森林、原野，诗行中平添了几丝压抑、惆怅、悲凉与无奈：

又是寒冷的灰色天空，
又是郁闷的道路，空旷的原野，
莽莽丛林如红褐色地毯，
门口有仆人，台阶下有三套马车……

“啊，一本天真的旧练习册！
当年我凭上帝的忧伤敢怒敢恨？
面对着大好秋光的幸福旅程，
再写出那样的诗句已力不从心！”

（《又是寒冷的灰色天空……》，1923）

让他寝食不安、念念不忘、魂牵梦绕的是家乡祖先的坟茔：

夜雨淋漓，房子潮湿昏暗
唯独一个窗口亮着灯光，
寒冷发霉的房子默默伫立，
仿佛被铆在凄凉的坟场。
那里埋着历代祖先和父辈，
他们的尸骨早已经腐烂，
有个失明的老人在守夜，
戴着帽子在长凳上睡眠，
他比所有的老爷更长寿，
是他见证了岁月的变迁。

蒲宁写乡村自然风光，写人生苦难经历，诗笔通常是收敛的，含蓄平淡。唯独写到爱情，往往诗笔放纵，充满激情。这大概跟他的一种信念有关。在他看来，爱情是灵与肉的结合，爱情给人短暂而难忘的幸福，也会带来持久的痛苦，难以平服的创伤。读他的情诗，读者能看到他热情奔放的一面：

我和她很晚时还在原野，
颤抖的我接触温柔的唇……
“你跟我尽管莽撞粗鲁！
我愿让你把我抱得更紧。”

她喘不过气来悄悄请求：
“让我歇歇，舒服舒服，
不要亲得这么狠这么疯，
让我的头枕着你的胸脯。”

天上的星星冲我们闪烁，
露水的气息散发着清香。
我的嘴唇一直轻轻亲吻，
吻她的辫子和滚烫面庞。

她已经瞌睡。有次醒来，
蒙眬中像孩子喘了口气，
面带着微笑瞅了我一眼，

然后倚着我贴得更紧密。

旷原的夜晚漆黑又漫长，
我久久守护酣睡的姑娘……
后来天边渐渐变成金色，
看东方悄悄浮现出光亮。

新的一天，原野很凉爽……
我轻轻地小声叫醒了她，
身披红霞我们走过草地，
踩着晶莹露珠送她回家。

（《我和她很晚时……》，1901）

诗人的一生经历了四次婚恋，深知爱情是把双刃剑，爱情带来欢乐也带来伤害。尤其是他的初恋情人帕欣科，同居两年，弃他而去，嫁给了他的朋友比比科夫，让年轻的蒲宁近乎崩溃，绝望中一度想要自杀。他对女性的绝情产生了刻骨铭心的记忆：

昨天你还在把我陪伴，
　　但是你已经厌倦。
我以为你就是我的妻子，
　　黄昏时阴雨连绵……

可对女人说来没有往昔：

　　厌倦就意味着离异。

没关系！点燃壁炉喝杯酒……

　　唉！真倒不如去买一条狗。

（《孤独》，1903）

蒲宁五十岁流亡国外，侨居法国三十三年，这期间创作了大量的作品，除了诗歌、散文、中短篇小说，还有长篇小说《阿尔谢尼耶夫的一生》，文学专著《托尔斯泰的解脱》以及耗费十年心血的《回忆录》。他始终保持了旺盛的艺术创作生命力，并非像有些人所说的“才思枯竭”。尽管乡愁的阴云一直笼罩心头，但也有摆脱阴影，心境明朗快慰的时刻，一是经过忘我的耕耘，到了收获季节；二是偕夫人一道出游，忘情于山光水色之间。请听来自水城威尼斯的钟声：

源自中世纪钟声悠扬，
世世代代的怅惘忧伤，
这是生命常新的福音，
这是缅怀往昔的梦想。

这是古人的温馨宽恕，
这是安慰：人生无常！

这是一座座金色宫殿，
倒映在碧水中的影像。

这是乳白色团团烟云，
这是云烟缭绕的夕阳。
这是微微扇动的羽扇，
这是远远投来的目光，
这是一串珊瑚石项链，
在水中的灵台上存放。

（《威尼斯》，1922）

蒲宁生就了一双善于发现美的眼睛，有一颗善于欣赏美的心灵，又拥有一支善于描绘美的诗笔，因而留下了许多含蓄优美的诗篇，等待有心的读者去阅读，欣赏。真希望有越来越多的诗歌爱好者走近蒲宁的森林、采地，观赏自然界风雨阴晴的奇妙变化。

我阅读和翻译蒲宁诗歌，要感谢一位俄罗斯学者，他来自莫斯科师范大学，在南开大学工作多年，他的名字叫维雅切斯拉夫·维克托罗维奇·费多陀金。他让我称呼他的小名斯拉瓦。斯拉瓦向我推荐蒲宁诗歌，告诉我蒲宁善于在看似毫无诗意的地方发现美，用朴素的语言抒发真情实感，并且列举了他自己最喜欢的十首诗，从而引发了我的兴趣。

经过时断时续的阅读积累，由浅入深，由少到多，我陆续翻译了蒲宁的一百六十首诗。我依然遵循多年坚持的原则：以诗译诗、以格律诗译格律诗，忠实于语言与意象，同时把握节奏、韵式，力求再现原作的音乐性与风采。我时刻不忘李霁野先生的嘱托：既要对得起作者，也要对得起读者。

诗人茨维塔耶娃说过，写诗是件手艺活儿。无独有偶，诗歌评论家江弱水先生说："诗，不管说得多崇高，多神秘，多玄，最后还是一件技术活，是怎么锯、刨、削、凿、钉的功夫。"他们说的是诗歌创作，其实也适用于诗歌翻译，慎重处理音节、音步、音韵、词句调配，追求节奏感，安排好诗行与韵脚，形成结构感，纵横交织，构筑诗歌的整体美感。我的追求是让译文经得起对读，即对照原文阅读，经得起俄罗斯汉学家的检验与批评。

在这里，想引用蒲宁的《太阳神庙》(1907)，这首诗赞美古代的灿烂文明，同时显示了诗人驾驭韵律的高超技巧，连环三韵体运用娴熟、得心应手。译文尽力接近原作，韵式亦采用aba bcb cdc ded efe fjfj 的格式，以便再现原作的音乐性与风采：

六根大理石圆柱金光闪闪，
绿茵茵的峡谷一望无际，
雪笼黎巴嫩山，天空蔚蓝。

我见过尼罗河与司芬克斯，
我见过金字塔，你更雄伟，
大洪水前的遗迹，更神奇！

那里的巨大石块黄中泛灰，
荒凉沙海中被遗忘的陵墓，
这里记载青春岁月的华美。

古代帝王身穿的华丽衣服——
四周环绕笼雪的起伏群山——
像彩色晨服把黎巴嫩围住。

山脚有牧场，有绿色庄园，
山涧的溪流凉爽而又欢乐，
澄澈透明如同孔雀石一般。

那里有早期游牧部族的村落，
尽管它很荒凉，也被人遗忘，
那柱廊有不朽的阳光闪烁。

那柱廊大门可通向欢乐之邦。

阅读和翻译蒲宁诗歌，有苦也有乐。我愿把自己的译本提供给爱诗的读者，一起走近诗人，聆听他恬淡从容、略带忧伤的歌声。

这本译诗集的出版，得到诗友汪剑钊的帮助，敦煌文艺出版社编辑王森林付出了许多辛劳，特向他们表示由衷的感谢。

期待听到方家指点，欢迎读者批评！

2014，2，25日

2014，3，4日修订

于南开大学龙兴里

目　录 *CONTENTS*

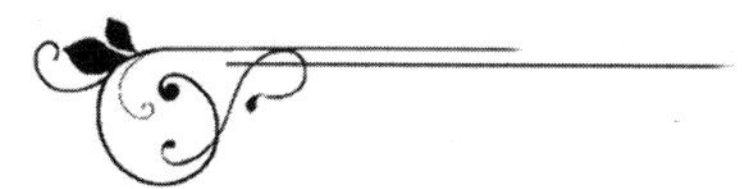

乡村黎明(1886–1899)30 首

落叶飘零（1900–1909）53首

风又吹过（1910–1919）43 首

鸟儿有巢（1920-1932）22首

深夜漫步(1933-1953)11首

附录

乡村黎明(30首)

(1886-1899)

伊万·蒲宁出身贵族，但家道中落，生活并不富裕。他天资聪颖，喜欢读书，却难以忍受学校的刻板教育，只上到四年级，就辍学回家，在兄长指点下，自学成材。他热爱乡村、原野、森林、草地，却不得不早早地到城市谋生，靠当校对、编辑和写作维持生计。他十六岁开始有意识地写诗，十七岁在《祖国》杂志发表处女作《乞丐》。自然风光、人生艰难、诗艺追求、初恋的欢欣与痛苦，是他早期创作经常涉笔的主题。他的诗句“我的全部青春——是漂泊 / 还有孤独思索的喜悦!”“世人贫寒、贪婪又冷漠，/ 既有善良，也有罪恶!”道出了他青春岁月的感悟。《诗人》《乡村乞丐》《别用雷雨风暴恐吓我……》和《故乡》等是这一期间比较有名的诗作。文笔简洁凝练，观察敏锐细腻，格调清新恬淡，富有生活气息，是其早期诗作的特点，初步显示了诗人的艺术追求与个性。

诗人

诗人既忧伤又严肃，
你是穷人为困苦所迫，
你的心徒劳地挣扎，
总想打碎赤贫的枷锁！

你妄想以自己的轻蔑，
去把种种不幸击败，
你对光明满怀着憧憬，
你愿意相信愿意爱！

美好的思索与好梦，
不止一次受贫困戕害，
卑微使人放弃幻想，
你无比痛苦泪流满腮。

你备受屈辱饥饿而死，
已忘却辛勤的劳作，
不料你坟头的十字架，
竟被后人插满花朵。

1886

你指出神圣的精神王国，
说那个世界永不毁灭，
可听众都是聋子和瞎子，
他们不懂你说些什么。

你说世上节日本属虚幻，
为他们指点山间房舍，
你说幸福不过是诱惑，
说巨大的痛苦也是罪孽。

可没有爱情就没有生命，
因此每个人都追求幸福，
而追求幸福的每一个人——
他的心注定要忍受痛苦。

1886

多么忧伤……

多么忧伤，你抬头看吧，
西天的晚霞快要熄灭！
庄稼已收割，田园空旷，
只留下渐渐发白的地界。

秋天的原野向远方伸展，
到处弥漫着苍茫的暮色；
只有天边的一片残红，
把爆竹柳的剪影衬托。

静寂无声！让心情郁闷，
胸中充满了莫名的惆怅……
是否因为远离过夜地点？
是否因为原野变得迷茫？

是否因为秋天近在身边，
吹拂着熟悉而亲切的风——
吹过荒无人烟的草原，
引发乡村无声的愁情？

1886

乡村乞丐

在道路旁边，在橡树下
他睡了，避开灼热的阳光，
年老的乞丐，身有残疾，
白发苍苍，穿破烂的衣裳。

路途遥远走得筋疲力尽，
躺在地界边上休息片刻……
裸露的脖子、胸脯、双腿
都被热辣辣的阳光烧灼……

看来，他是迫于贫困，
看来，他一直无处栖身，
无情的命运逼迫他流浪，
挨门乞讨，流泪、呻吟……

在京城见不到这种乞丐，
赤贫已让他痛苦不堪！
即便在铁窗囚笼里面，
这样的苦难者也很少见。

在他漫长的人生当中，
沉重的劳作耗尽了气力，
或许，临近坟墓边缘，
这年迈老人已奄奄一息。

从这个村庄到那个村庄，
声音含糊地乞讨施舍，
末日来临，不幸的老人
还须忍受无数的折磨。

他睡了…… 醒来怀着痛苦，
乞讨再乞讨，叨念着上帝……
俄罗斯这么多苦难与忧患，
目睹这情景，我无限悲戚！

1886

逐渐昏暗的原野像无边无际的海洋……
晚霞的残辉已经熄灭，已经沉没——
轻柔的夜色，尾随无声的晚霞，
飘浮于夜的空阔。

只有黄鼠在黑麦田里吱吱吱地呼叫，
跳鼠神秘地现身于田垅，像幽灵，
快速跳动，静悄悄没有声音，
突然消失了踪影……

1887

十月的黎明

夜色渐渐发白，月亮即将沉落
在河那边，像红色钩镰。
牧场上朦胧的薄雾显现出银色，
黑色芦苇被潮湿的雾气笼罩着，
风吹芦苇似轻轻的呼唤。

只有在乡村，教堂的钟楼上面，
闪烁着疲倦的一盏孤灯。
瑟瑟颤抖的幽冥，萧瑟的庄园，
流动如波浪的寒气来自草原……
朝霞缓慢地呈现出嫣红。

1887

云彩消融。温暖的湿气……

云彩消融。春夜给村庄
带来了暖融融的潮气：
草原尽头的晚霞微微发红，
风从原野吹来芳香气息。

薄雾缭绕在幽暗的河面，
仿佛支起了银色的纱帐，
河流对岸，暗影当中，
羞怯地闪烁金色火光。

寂静的果园里夜莺沉默，
昏暗中树枝上水珠滴落；
轻轻飘来花楸树的芳香……

1888

深更半夜……

独自出门已深更半夜，
脚下发出寒冷的声响，
园子黑幽幽笼罩星光，
房顶上是白色的麦秸：
仿佛午夜的丧服一样。

1888，11

别用雷雨风暴恐吓我……

别用雷雨风暴恐吓我……
春雷轰鸣充满了欢乐!
雷雨过后，大地上空
一片蔚蓝格外纯净;
雷雨过后，景色娇美，
焕然一新闪烁光辉;
更加绚丽，更加芳香，
一丛丛鲜花竞相开放!

但阴雨连绵叫我恐惧:
思考人生，心情悲凄，
没有痛苦，没有幸福，
四处奔波，终日劳碌。
没有斗争，没有工作，
生命活力必将衰竭，
就像潮湿的茫茫迷雾，
将把太阳永远遮住。

1888

看不见飞鸟……

看不见飞鸟。森林凋零，
枝叶渐渐稀疏呈现病容。
蘑菇消失，但沟壑里面
潮湿的蘑菇气味还很浓……

密林渐趋萧疏渐趋明亮，
灌木丛中野草倒伏枯萎，
秋雨下的落叶逐渐腐烂，
堆积成一层层颜色乌黑。

原野上有风。天气阴沉，
寒冷，清新；从早到晚
我在自由的草原上游荡，
离开那些村庄很远很远。

马儿从容缓行让人陶醉，
喜忧参半，我侧耳谛听，
听清风吹拂猎枪的枪口，
发出阵阵单调的嗡嗡声。

1889

何苦诉说，又该说些什么？……

何苦诉说，又该说些什么？
敞开心扉，怀着幻想与爱意，
一颗心巴不得整个掏出来——
何苦呢？只换来空洞的话语！

尽管人们说的日常言辞，
并非全都是老生常谈！
可是话中含义都被遗忘，
谁又把词句记在心间？

再者说能向什么人倾诉？
尽管你出于真诚的意愿，
没有什么人能够理解
别人经历的全部苦难！

1889

云霄下的悬崖，风暴……

云霄下的悬崖，风暴
在刺目的碧空中呼啸——
只有强悍的鹰能适应。

像喝凉水一样我喝酒，
畅饮山的风暴与自由。
仿佛痛饮飞行的永恒。

1889 克里木

聆听管风琴心灵忧伤……

聆听管风琴心灵忧伤，
呜咽哭泣又歌唱。
虔诚致敬，沉痛呼吁，
难以言喻的悲戚。

哦，高尚又凄惨！你
激发人心善待大地！
世人贫寒、贪婪又冷漠，
既有善良，也有罪恶！

啊，忍受十字架之痛苦，
耶稣，你低垂着头颅！
神圣的声音回荡在心田——
请赐予我表达的语言！

1889

头顶上空是灰蒙蒙的苍穹……

头顶上空是灰蒙蒙的苍穹，
森林舒展怀抱袒露心胸。
我的下边，沿着林间沟渠，
是落叶遮掩的黑色污泥。

头顶是寒冷与沙沙的响声，
脚下是萧瑟凋敝的沉静……
我的全部青春——是漂泊
还有孤独思索的喜悦！

1889

远处田野半个时辰雾气濛濛，
倾斜的万千雨丝来去匆匆，
变得气息清新的片片草地，
重新笼罩着蓝莹莹的天空。

温暖潮湿的闪光。黑麦气味如蜜，
天鹅绒似的小麦辉映着阳光，
田埂旁边白桦树的绿色树枝上，
无忧无虑的柳莺不停地歌唱。

喧哗的树林欢快，白桦林里的风
吹拂得轻柔，白桦泛白的枝条
抖落点点雨滴，珍珠般的泪珠，
含着流淌的泪水在微笑。

1889

仿普希金

躲避懒散与谎言，躲避娱乐狂欢，
独自回归故乡亲切的田园，
我这流浪者，躲进橡树浓荫，
参天古树作屏障体味悠闲。
燥热使人疲惫，站立途中，
感受森林带有潮气的清风……
家乡啊，把青春归还给我吧，
还我明眸闪光，少年骁勇！
你看吧，我没有忘记家乡，
心地纯洁，颂扬你优美风光……
我愿把尚未耗尽的骄人精力，
奉献给祖辈居住的地方。

1890

夏末季节

……那是夏末季节，
亲爱的朋友，当时
那寂静的花园里，
已经很久听不到
夜莺的委婉歌曲；
林荫道光线幽暗，
飘浮干树叶的气息，
轻轻弯腰的合欢树
散发出缕缕香气……
那边，阳台的房门，
幽暗的灯光闪烁，
有年轻人的说话声，
时断时续隐隐约约，
时而欢快地交谈，
时而又开始唱歌……
似乎两人早有约定，
我们俩走下了阳台，
步入林荫道，心儿
猛跳，期待着表白，

为爱情焦灼、惶恐，
夏末做着春天的梦……
日子延续……生活
还会遭遇很多委屈，
很多损失与痛苦，
很多惆怅的思绪……
但正如忧伤的歌，
唱远逝的美好时刻，
亲爱的，你想想吧，
曾有一瞬梦境明媚，
在那个夏末季节！

1890

致故乡

他们对你挖苦嘲笑，
他们指责你呀，故乡！
他们说你粗俗单调，
乌黑的农舍外表寒碜……

如同儿子闲散蛮横，
提起母亲竟觉得丢脸，
面对城里诸多亲朋，
她怯懦忧伤疲惫不堪。

儿子看着她面带苦笑，
她却跋涉了几百俄里，
就为了能跟儿子相见，
节省下最后一枚铜币。

1891

幽暗水面上摇晃的那颗星……

萧瑟花园弯曲的柳树下
幽暗水面上摇晃的那颗星——
黎明前星光闪烁在池塘，
在夜空我找不见它的踪影。

度过青春岁月的那个村庄，
我在那里写诗的老宅旧房，
少年时曾期待幸福与欢乐，
如今再不能返回那个地方。

1891

假如恋爱能够做到
只爱自己，
假如能够像你一样——
把往昔统统忘记。

我便不再痛苦，对夜晚
无尽的黑暗不再恐惧：
闭上一双疲倦的眼睛——
我倒乐意！

1894

故乡

铅灰色死寂的天幕下，
冬天的日子压抑阴沉，
蜿蜒的松林无边无际，
伸向远处的零落乡村。

白中泛青的薄雾缭绕，
仿佛是谁温柔的忧伤，
在这空荡荡的雪原上，
昏暗的远方引发惆怅。

1896

我感到幸福……

我感到幸福，当你抬起
蓝色的明眸注视我：
目光中蕴涵青春的期望——
恰似晴空一样辽阔。

我感到痛苦，当你低头
垂下睫毛静默无声：
你没有意识到你在恋爱，
你羞怯地掩饰爱情。

但无论何时，无论何地，
只要我的心跟你亲近……
意中人！哦！衷心祝愿
你永葆美丽的青春！

1896

褴褛的衣衫……

褴褛的衣衫，一把小刀子，
血丝暗红的眼睛一动不动。
新的历史瞬间，往昔的梦境，
五六只羊，鸫鸟断续的叫声。
四周是荒山秃岭，一株孤树，
远处有断垣残壁，一座古庙，
中午，天边的山脊蓝雾迷蒙，
野火烧过的丘陵掠过了云影。

我了解……

我了解空洞的人类言语
多么卑微、陈腐而不新鲜，
我了解希望和欢欣的虚幻，
我了解爱情的徒劳以及
跟几位好朋友分手的辛酸。

午夜时我走进她的房间……

午夜时我走进她的房间。
她正睡眠，一轮月亮
照着她的窗，被子滑落，
那缎子被面闪闪发光。

她仰面朝天躺在床上，
露出光裸的一对乳房，——
她的生命在梦中呼吸，
恰似容器中的水一样。

1898

再次梦见迷人的甜美……

再次梦见迷人的甜美，
心儿陶醉于欢欣喜悦。
可爱的视线偷偷呼唤，
妩媚的笑容在引诱我。

第一缕晨光驱走梦境，
我知道：这又是虚幻。
明知受骗却向往笑容，
直到临终凄惨的一天！

1898

握住你的手我看了很久……

握住你的手我看了很久。
又羞又喜你眼睛不敢抬起：
这只手啊，有你的全部经历。
握住它我感触你的心灵和肉体。

意欲何为？可有更美好的期望？
惊慌天使，点燃了火苗与风暴，
飞临人间，在我们头顶盘旋，
以世俗的欲望撩拨骚扰！

1898

春天多明媚，多绚丽！

春天多明媚，多绚丽！
请你像往常看我的眼睛，
告诉我，你为什么忧愁？
为什么变得如此多情？

你默然无语，柔弱如花……
沉默吧！无须表白肺腑：
我明白这是分手之爱——
我再一次陷入孤独！

1899

今夜有人不停地歌唱……

今夜有人不停地歌唱，
他在昏暗的原野上流浪。
忧伤的歌声不绝于耳，
歌唱往日的幸福与渴望。

我推开窗户坐在窗台，
倾听良久，而你在梦乡……
田野散发雨后的麦香，
夜晚的空气清新又芬芳。

这歌声勾起怎样的感慨，
不知道，可我心情沉重……
我曾经爱你满怀温柔，
你对我也曾一片深情。

1899

森林连着森林……

森林连着森林，天气渐暗，
低洼的地方变得蓝盈盈，
牧场草叶上的露珠在闪亮……
灰色的猫头鹰已经睡醒。

接连不断的松树向西行进，
仿佛是列阵成行的士兵，
浑浊的太阳像只火烈鸟，
燃烧在古老荒凉的密林中。

1899

落叶飘零（53首）

（1900–1909）

中国人常说：三十而立，四十不惑。借用这两句话形容蒲宁，倒也恰当。从三十岁到四十岁，可说是诗人走向成熟的十年，也是成功的十年，辉煌的十年，其标志是其作品赢得了文坛与学界的广泛承认。1900 年创作的长篇抒情诗《落叶》，以及此前翻译的美国诗人朗费罗的《海华沙之歌》荣获 1903 年度俄罗斯科学院颁发的普希金奖。1909 年蒲宁被俄罗斯科学院推举为院士。同年第二次获得科学院颁发的普希金奖。这其间诗人几次出国游历，足迹遍及欧洲、非洲和中亚许多国家，创作了《太阳神庙》等名篇杰作，以开阔的视野、严谨的韵律，思考人类的文化传承。他写俄罗斯的贫困与悲哀："俄罗斯啊，我不喜欢 / 你延续千年的卑微贫穷。/ 啊，这十字架和白木桶…… / 这恭顺却又亲切的特征！"写人生的短暂与永恒："永恒的只有无边的海与天，/ 永恒的只有太阳和美的大地，/ 永恒的只有一条看不见的线—— / 让生存者的心与亡灵相牵连。"写孤傲神勇的布鲁诺对世俗愚昧的斥责："所谓人寰—— / 不过是驴子牵领的愚昧世界。/ 尘世充满了欺骗、谎言与罪恶。/ 憧憬非人间之美你才能生活。"独立的精神及哲理的思考使得蒲宁的诗作既有深度，又有探索的锐气。

忧伤的夜晚像我的幻想……

忧伤的夜晚像我的幻想。
茫茫草原既荒凉又宽广，
孤独的星火闪烁在远方……
心里充满了爱，充满凄凉。

可是，你又能够向谁诉说，
说你的憧憬，说你的心愿！
道路遥远，草原寂静无声。
如同我的心情，夜晚幽暗。

1900

生活中充满了烦恼与喧嚣，
心灵常常会感受痛苦煎熬。
只要我一个人孤独安静，
心中就浮现出你的倩影。
我又看见了你可爱的笑脸，
没有什么能切断我的思念。

1900

绿色的白桦林越来越葱茏……

绿色的白桦林枝繁叶茂越来越葱茏，
小铃铛似的铃兰花朵在树林里开放：
凌晨时分峡谷里和风怡荡花楸飘香。
　　夜莺在黎明前歌唱。

三一节[①]快要来临，编花环、割草歌唱……
一切花开花落，年轻的希望消失如云……
哦，春天的霞光啊，五月温馨的露珠！
　　哦，我远逝的青春！

1900

① 东正教节日，在复活节后第50天，又称五旬节或圣灵降临节。圣父、圣子和圣灵三位一体降临，因此称为“三一节”。

走过花园空旷的长廊……

走过花园空旷的长廊，
踩着的枯叶沙沙有声：
双脚又踏上熟悉之地，
心里既痛苦却又高兴！
一切都香甜，而过去
却不知珍惜，我思念！
心痛而忧伤，真希望
再经历那样一个春天！

1900

落叶

森林恰似绚丽的彩楼，
呈现绛紫、朱红、金黄，
又像欢快斑斓的高墙，
下边的空地开阔敞亮。

棵棵白桦如淡黄雕塑，
映衬着蓝天闪闪发光，
幽暗的云杉犹如宝塔，
高大的槭树郁郁苍苍，
树叶之间有细碎空隙，
透漏出晴光宛如天窗。
橡树、松树散发气息，
它们在夏天晒过太阳；
秋天宛如恬静的寡妇，
缓步走进彩色的楼房。

今天在宽敞的空地上，
在这开阔的场院中央，
空中悬浮着条条蛛丝，

像银线一样闪烁光芒。
这里有只最后的螟蛾，
从早到晚在飞舞游荡，
它恰似一片白色花瓣，
被蛛网粘住快要死亡，
临终感受阳光的温暖，
它的四周是那么明亮。
无论森林里还是蓝天，
一派死寂如坟墓一样，
宁静中似乎可以聆听，
树叶发出的微弱声响。
森林恰似绚丽的彩楼，
呈现绛紫、朱红、金黄，
俯视洒满阳光的空地，
像中了魔法陷入迷茫；
一只鸫鸟飞出了树丛，
飞来飞去咕咕地呼唤，
矮树丛叶子格外稠密，
像琥珀一样亮光闪闪；

空中掠过了一群椋鸟，
响亮的叫声飘向四方——
鸟鸣消失，森林里面
重新又变得寂静荒凉。

这是幸福的最后瞬间！
秋天，早就已经知道，
森林里这般深沉宁静——
乃是阴雨连绵的先兆。
树木陷入异样的沉默，
天边晚霞火一样燃烧，
夕阳放射出万道金光，
把这座七彩高搂照耀，
随后森林里渐渐幽暗。
月亮升起，颗颗露珠
在森林的阴影里闪现……
林间空地呈现出惨白，
一股寒气正四处弥漫，
萧疏的林木渐失生机，

在这空旷寂静的夜晚，
孤独的秋天心惊胆战。

此刻，寂静稍有变化：
你听：寂静扩散开来，
月亮缓慢地升上天空，
被寂静吓得脸色苍白。
月亮把树影逐渐截短，
林中悬挂透明的雾霭，
月光径直凝视着眼睛，
它在云霄中悄悄徘徊。
哦，秋夜的僵死之梦！
哦，奇妙可怕的时刻！
林间空地上雾气潮湿，
那里显得明亮又空阔；
森林沐浴着皎洁月光，
惊讶自己的美貌奇绝，
仿佛预言自我的毁灭；
一只猫头鹰默不作声，

栖在树上呆滞地凝视，
突然放肆地连声鸣叫，
扑棱一声飞离了高枝，
频频扇动柔软的翅膀，
重新落在灌木上栖息，
瞪着一双圆圆的眼睛，
长耳朵的头左顾右盼，
似乎这景色让它诧异；
林间飘浮轻柔的薄雾，
还有腐烂树叶的潮气，
休眠的森林静静伫立……

休再等待：明日朝阳
再也不可能高悬空中。
森林将陷入雨雾迷蒙——
这一夜却非白白度过！
秋天会深深珍藏一切，
珍藏沉寂夜晚的感受，
然后躲进自己的高楼，

孤独冷清地关门上锁：
任松林在风雨中喧响，
任阴霾笼罩漆黑长夜，
任林间空地野狼嚎叫，
一双眼睛闪烁着绿火！
森林像庙宇无人看管，
万千树木都萎靡暗淡，
九月游荡在松树林里，
随意雕琢松树的冠冕，
潮湿的树叶纷纷飘落……
随后夜里下了场初雪，
萧条万物被白雪遮掩……

远方旷野号角声传来，
阵阵涌动着铜的波涛，
穿越开阔迷蒙的旷野，
如同满腔幽怨的号啕。
羊角号呜呜咽咽吹响，
召唤猎犬向猎物猛冲，

猎犬汪汪汪叫声一片，
吼声盖过了暴雨狂风，
穿过喧嚣的峡谷树丛，
消失在深邃的森林中。
冰冷的雨水淋漓不断，
飘零的落叶满地盘旋，
森林上空有候鸟飞过，
那是列队成行的大雁。
日夜运行。清晨时分
朝霞映衬柱状的炊烟，
层林艳红，一动不动，
地上的霜雪源自严寒，
秋天披上银鼠皮大氅，
洗过了那张苍白的脸，
出门站立在台阶之上，
迎接森林里最后一天。
院落空荡荡渐趋寒冷。
两株山杨似高大拱门，
从中望得见峡谷晴岚，

荒芜的沼泽连接成片，
道路通向遥远的南方：
为了躲避隆冬的风雪，
为了躲避肆虐的严寒，
候鸟早已就飞行南迁；
秋天早起也动身出发，
踏上自己孤独的旅程，
它把那座洞开的楼房，
留在空旷的松林当中。

别了，再见吧，森林！
美好的日子还会再来，
不久这块沉寂的地方，
柔软雪花将闪烁银白。
这里的白昼荒凉寒冷，
一切都变得有些奇怪——
松树林和空旷的楼房，
万千个树冠萧疏衰败，
原野伸展，无边无际，

仿佛想飞到九霄云外!
这样的日子银鼠开心,
紫貂、黑貂分外高兴,
或聚或散,奔跑取暖,
松软的雪堆任意穿行!
不久刮来北冰洋暴风,
冲进光裸的莽林逞凶,
恰似萨满[①]狂放的舞蹈,
又像是野兽声声咆哮,
卷起的雪花飞扬空中。
风暴摧毁衰老的楼房,
仅仅留下粗壮的栋梁,
然后为这些断垣残壁,
涂上一层透明的冰霜,
于是冰雕玉琢的阁楼,
在辽阔蓝天映衬之下,
水晶一样闪烁着银光。
夜晚,凌驾冰雪花纹,

① 萨满教为少数民族宗教,其巫师亦称为撒满。——译者注。

天幕上闪耀万千颗星，
那是天庭卫士的盾牌，
当四野沉寂哑默无声，
北极之光焕发出华彩，
像寒冬火炬放射光明。

1900

五常苏①

山上的空气清新甜美，
森林里隐约有喧响声：
五常苏从悬崖飞流直下，
欢快地歌唱，自由奔腾！

你看——水仿佛凝结，
其实它一直喧哗不停，
犹如透明的雪白尘埃，
连续的流泻那样轻松，
活泼的飞瀑向下倾注，——
恰似火焰，纤细如烟，
又像是婚纱飞舞飘动，
突然化做飞沫、雨点，
闪着光坠入乌黑的深潭，
滚滚翻腾如润泽的水晶……

而山在蔚蓝的云霄！

① 五常苏瀑布，为乌克兰克里米亚半岛雅尔塔附近著名游览胜地，瀑布从海拔 390 米的彼得山悬崖飞泻而下，长近百米，甚为壮观。

南方的松林簌簌有声！
听林涛和湿润的轰鸣，
你恍惚置身缥缈的梦中。

1900

那是北方五月的夜晚

那是北方五月的夜晚，
屋里的灯光十分暗淡。
我上床就寝静静倾听，
总是回想早年的梦幻。

我像年轻时重温忧伤，
听见你走进我的家中，——
古老的大厅低矮空旷，
你像一个飘忽的精灵。

我听见衣裳窸窸窣窣，
寂静中传来脚步声音，——
于是忘却的甜蜜希望，
顷刻间揪紧了我的心。

捕捉窗外五月的清新，
慌乱回顾迷茫的往年……
你的幻影和沉寂哑默，
交织成一片惆怅灰暗。

1901

我和她很晚时……

我和她很晚时还在原野，
颤抖的我接触温柔的唇……
“你跟我尽管莽撞粗鲁！
我愿让你把我抱得更紧。”

她喘不过气来悄悄请求：
“让我歇歇，舒服舒服，
不要亲得这么狠这么疯，
让我的头枕着你的胸脯。”

天上的星星冲我们闪烁，
露水的气息散发着清香。
我的嘴唇一直轻轻亲吻，
吻她的辫子和滚烫面庞。

她已经瞌睡。有次醒来，
朦胧中像孩子喘了口气，
面带着微笑瞅了我一眼，
然后倚着我贴得更紧密。

旷原的夜晚漆黑又漫长，
我久久守护酣睡的姑娘……
后来天边渐渐变成金色，
看东方悄悄浮现出光亮。

新的一天，原野很凉爽……
我轻轻地小声叫醒了她，
身披红霞我们走过草地，
踩着晶莹露珠送她回家。

1901

夜与昼

漫漫长夜里我读一本古书，
灯光孤独，微微颤动：
“悲欢与歌舞——万物短暂，
只有天堂里的上帝永恒。”

白昼来临，我注视黎明的窗户，
太阳升起，群山呼唤看晴空：
“日落前别再读陈腐的古书，
鸟儿齐鸣，把上帝的欢乐赞颂。”

1901

二月空气仍潮湿寒冷……

二月空气仍潮湿寒冷，
可是在花园的上空，
天宇的目光明朗清澈，
上帝的世界变得年轻。

早春的雪苍白透明，
洋洋洒洒像泪珠一样；
灌木旁边的水洼里
有暗蓝色天空的反光。

无心观赏远方的树林
枝丫间透露出的光亮，
在露台上愉快地倾听
灰雀在灌木丛里歌唱。

不，不是风景吸引我，
目光追寻的并非彩色，
而是色彩中闪烁的光：
生存焕发的爱与喜悦。

1901

平静的目光像母鹿的目光……

平静的目光像母鹿的目光，
其中的神情让我深深爱慕，
至今我难忘却自己的忧伤，
可你的形象已经陷入迷雾。

过不了多久，忧伤会平复，
回忆的梦境变成一片蔚蓝，
那里已不再有欢欣与痛苦，
留下的只有告别后的遥远。

1901

溪流

干燥沙地当中的溪流……
匆匆忙忙你流向何处？
为什么穿过贫瘠的岸
如此坚毅地开辟道路？

炎热让天空变得苍白，
头顶看不到一片云彩，
整个世界像中了魔法，
被荒凉沙漠围困起来。

可是小溪透明、喧哗，
仿佛知道它来自东方，
流向波涛起伏的大海，
它将目睹空阔与宽广——

大海将容纳这条溪流，
缓缓溶入自由的波涛，
溶入无边无际的蔚蓝，
溶入自己浩瀚的怀抱。

1901

香甜的毒药

忧伤女神端给我一碗暗红色的葡萄酒。
平静地喝干这碗酒，我极度疲惫垂下头。
忧伤女神面带冷笑，冷冰冰地说道：
“这是爱情坟墓的惩罚，是香甜的毒药!”

1902

初恋

我在阴雨连绵中入睡，
心中充满绝望的苦闷……
怀着幸福的微笑苏醒……
噢，我多么恼火多么笨！

云朵漂流，天气渐暖，
蔚蓝染亮了夏日天空。
沙土潮湿的林荫道上，
白桦洒下颤抖的阴影。

清新的风从田野吹来，
青春活力在心中跳荡……
从前我对你缺乏了解！
幻想啊，年轻的欲望！

1902

夕阳西下之前……

夕阳西下之前，森林上空
聚拢了团团乌云——突然，
山丘上弯弯的彩虹消失了，
听见了雷鸣，出现了闪电。

玻璃似的雨滴，罕见又饱满，
夹带着沙沙沙欢快的响声，
待雨水过后，森林一派青翠，
呼吸畅快清爽，四周安静。

难忘的日子！这并非初次：
暴雨倾泻，眼前一片雨幕……
这场金子般的瓢泼大雨，
让你和我既悦喜又惊怵！

等我们刚刚跑进了森林，
万籁俱寂……灌木丛露珠闪亮！
哦，目光，饱含幸福神采飞扬，
还有顺从的嘴唇冰一样清凉！

1902

北方的白桦

在湖畔，在森林的河湾——
白桦树穿上了绿色衣衫……
“哦，姑娘们！春天可真冷：
风和寒气冻得我浑身抖颤！”

下雨、冰雹、雪似绒毛，
阳光、蓝天、流泻的瀑布……
“哦，姑娘们！森林和牧场
换上了喜气洋洋的春季装束！”

又一次，又一次皱起了眉头，
雪花飘飘，松林里风声呼啸……
“我浑身颤抖。可千万别毁坏
绿色丝带！须知阳光还会照耀！”

1903,1,15

激战之后

标枪一插，甩掉头盔倒下。
山冈坚硬，铁甲刺痛胸膛。
正午的太阳烧灼着脊背……
秋风来自南方干燥发烫。

他死了。遗体僵硬、呆滞，
沉重的头颅紧紧贴在地上。
阵风袭来吹动他的头发，
像吹拂衰败的茅草一样。

许多蚂蚁爬进了他的发绺……
四周冷漠的一切悄然无声，
插在山冈上的那柄标枪
远远戳在赤裸的旷野中。

1903,8,31

碗上题词

他在喧嚣的海边，在沙滩，
从古墓里挖出个古代的碗。
忙碌了很久；他尽力拼凑
保存了三千年的神圣碎片，
他发现碗上竟然还有文字，
默默传达着墓主人的信念：

“永恒的只有无边的海与天，
永恒的只有太阳和美的大地，
永恒的只有一条看不见的线——
让生存者的心与亡灵相牵连。”

1903

卡佩拉村北很远的地方……

卡佩拉村北很远的地方，
燃烧着七彩的熊熊火焰，
午夜时分从那边的原野
缓缓飘过来可心的温暖。
窗外阴影里有牛蒡叶子，
白色的月光如亚麻布幔，
笼罩着远处的丛生灌木，
还有收割完庄稼的田园。

1903

孤独

风雨凄迷，昏暗笼罩了
寒冷空旷的湖面。
春天到来前生命已死亡，
荒芜了座座花园。
我独处别墅，心中痛苦，
画架后面，风敲击窗户。

昨天你还在把我陪伴，
但是你已经厌倦。
我以为你就是我的妻子，
黄昏时阴雨连绵……
无奈才分手！独自一人，
没有伴侣等候春天来临……

今天，还是那样的乌云，
纷纷涌来团团翻滚。
雨水淅沥，冲刷着台阶，
也冲走了你的脚印。
在这临近傍晚的灰暗时分，

我独自面对阴雨怎不痛心?

仿佛冲你的背影呼唤:
“回来吧，我爱你!”
可对女人说来没有往昔:
厌倦就意味着离异。
没关系！点燃壁炉喝杯酒……
唉！真倒不如去买一条狗。

1903

茉莉花

茉莉花开放。我从早晨
漫步在捷列克河畔丛林。
遥望远方只见层峦叠嶂，
尖尖的高峰闪烁着银光。

河水波光粼粼哗哗流淌，
炎热的树林弥漫着花香。
看高山之巅是冬夏相连：
一月的雪衔接蓝蓝的天。

丛林因炎热而困倦幽静，
那里茉莉花却开得繁盛。
看晴朗的蓝天衬托山巅，
那壮丽辉煌似尘世罕见。

1904，6

我们偶然相遇……

我们偶然相遇在街头拐角，
我步履匆匆，忽然似闪电，
一道亮光穿透傍晚的昏暗，
我瞥见了明眸乌黑的睫毛。

她戴着黑纱，透明的罗绸，
刹那间吹来了春天的清风，
我从那面庞和明亮的视线，
捕捉到了往昔的生动表情。

她面带柔情向我点一点头，
像是怕风，把脸微微一侧，
随即身影消失，有过春天……
她已宽恕我，我已被忘却……

1905

无缘无故我突然醒来……

无缘无故我突然醒来。
是伤心的梦使我惊醒。
透过光秃秃的山杨树枝，
朦胧的圆月注视着窗棂。

庄园像秋天一样哑默。
半夜的宅院沉寂宁静。
谷仓那边的长耳猫头鹰，
连续鸣叫像孩子的哭声。

1905

山林里有喧响的清泉……

山林里有喧响的清泉。
泉水里有个白桦木桶，
山泉边有座古老的木屋，
乌黑的木板有圣像面容。

俄罗斯啊，我不喜欢
你延续千年的卑微贫穷。
啊，这十字架和白木桶……
这恭顺却又亲切的特征！

1905

浩瀚大海像面珍珠镜子……

浩瀚大海像面珍珠镜子。
一束乳白色闪金光的丁香。
傍晚雨丝上空彩虹闪耀，
土房屋顶的炊烟飘浮向上。

海鸥落在岩石围拢的海湾——
犹如浮漂，它们时时飞起，
看得见鸥鸟粉红色的脚蹼
细流一样洒下银色的水滴。

岸边海水中岩石静静伫立，
山岩脚下流动闪光的翡翠，
看远方，有珍珠，有宝石，
红宝石、蓝宝石闪烁金辉。

1905

长明灯

她默不作声，现在已平静，
但欢乐再不能回到她身边：
自从潮土掩埋了她的坟穴，
就注定了她跟欢欣已绝缘。

她默不作声，现在她的心
恰似墓园的钟楼那样空旷，
那里，在沉寂的陵墓上方，
长明灯日日夜夜放射光芒。

1903—1905

歌

我是个普通的种瓜姑娘，
他是渔民，性格开朗。
白帆在海湾上时隐时现，
他可闯荡过江湖海洋。

人说博斯普鲁斯海峡
有希腊美女，我却黑又瘦。
白帆可能在大海里消失，
也许他一去就再不回头！

无论风雨阴晴我都在等候……
他去而不返，我就抛弃瓜园，
走到海边，把戒指扔进大海，
我用辫子上吊，离开人间。

1903—1906

童年

天气越热，松林里越清爽，
到处是好闻的松脂气息，
每天早晨我都感到舒畅，
游荡在阳光构筑的帐篷里！

到处是光斑，到处是亮光，
沙土像丝绸……倚着松树，
我觉得：自己仿佛十岁，
而松树巨人般高大魁梧。

红色树皮粗糙、满是皱纹，
太阳普照万物，风光和煦，
香味儿似乎并非来自松树，
而是干爽的阳光散发香气。

1903—1906

石像

烈日炎炎使得野草干枯。
草原辽阔，天边一抹淡蓝。
又一次看见了马的头骨，
石像——再次出现在眼前。

这扁平的面孔多么呆板！
这体形多么简陋、粗糙！
可是你让我感到恐惧……
而你冲着我默默微笑。

你可是古代凶狠的酋长？
啊，黑暗时代的蒙昧遗存！
看来并非上帝创造了我们，
是我们奴隶的心造出了神。

1903—1906

别人的妻子

你属于别人，可你依然，
只对我心存依恋，
想必你永远不会忘记我，
直到临终的一天。

你头戴花环温驯又谦卑，
跟随在他身后边，
可是你的视线低低垂下，
他看不见你的脸。

虽然你跟他已成为夫妻，
岂不仍像个少女？
你举手投足的每个动作，
美丽一如往昔！

万事难料，可能会背叛……
但是只有一次
你的目光中充满了温柔，
竟然那样腼腆。

你天生正直，不会遮掩，
　　他让你感到厌烦……
想必你一直不会忘记我，
　　直到永远、永远！

1903-1906

华尔兹

张开的双唇花瓣一般寒冷，
又像孩童的唇那样潮湿——
大厅在不停地旋转啊旋转，
伴随着喜忧交织的乐曲。

吊灯的光亮在镜子里流淌，
融汇成水晶的梦幻景致——
舞会的熏风不停地吹啊吹，
像摇动温暖芳香的扇子。

1906

凤头麦鸡

一只只凤头麦鸡在哭泣，
春季的天空蓝得亮丽。
道路干爽，阳光带来温暖，
野外的蒿草正变灰变干。

灰暗的原野有蓝色湖泊。
翻耕的土地呈现紫色。
凤头麦鸡为亮丽空阔哭泣。
它们又哭又笑源于欢喜。

1906,4,13

布列塔尼①

冷冰冰静悄悄的夜晚。
海岸边的沙滩与岩石。
缓缓扯起了沉重的帆，
渔民将要去远海捕鱼。
为什么他有这般遭际？
坚韧而沉默的渔民啊，
为什么你朝空中撒网，
撒向寒冬阴沉的波涛？
平静永恒的银色月光，
亡者十字架排列成行。
星光下大海雾气迷茫，
就像白色蒙殓布一样。

1906

① 布列塔尼半岛，属于法国。

一艘庞大、陈旧的红轮船……

一艘庞大、陈旧的红轮船，
从悉尼归来依傍防波堤停泊。
晴空万里无云，一片蔚蓝，
防波堤炫耀快乐亮丽的白色。

安静，温暖，海水透明如翡翠，
巨轮入睡，微微向左舷倾斜。
防波堤空旷，搬运工都已沉睡。
港口瞌睡，油漆味缕缕不绝。

海水透明看得见狭窄的龙骨，
早已生绿锈，上面沾满贝壳。
途经苏门答腊岛，爪哇岛……
大海风平浪静……或者炎热……

黑孩子头戴肮脏的土耳其帽，
为船舷刷油漆，在吊桶里悬着，
映着新鲜的红漆，水面上升起
镜子一般明净的阿拉伯民歌。

红油漆在黑黑的臂膀下闪光，
刺目……孩子像猴子一样灵活，
瞌睡中歌唱……苏丹的民谣，
沉静中唱出人们不熟悉的悲切。

1906,8

护栏、十字架……

护栏、十字架、绿色坟茔，
露珠、空旷、原野寂静……
“手提香炉啊，你散发香气
像红宝石火炭在呼吸！”

今天是周年。最后的叹息，
最后的芳香，最后的歌……
“新播种的庄稼，快成熟吧，
时机已到，将有新一轮收割！”

1906

墓地的青草长啊长……

墓地的青草长啊长，
嫩绿，欢欣，生机盎然，
雨水冲刷墓地的石板，
苔藓遮蔽了无用的语言。

每逢夜晚猫头鹰哭泣，
把我健忘的灵魂呼唤，
大地啊大地，你没有罪责，
虽然古墓坟穴隐含幽怨。

西天的晚霞一片火红，
云筑的城堡色呈淡蓝！
像风车翼片经过了剪裁，
耸立在幽谷那边的山峦！

啊，大地！春的呼唤甘甜！
莫非丧失之中蕴涵着机缘？

1906

老仆

窗外积雪茫茫，草原平坦又宽广，
夜里暴风雪的痕迹还留在窗棂……
家中寂寞安静！看窗前一只灰雀
冻得发抖。听，是仆人的脚步声。

瘦骨嶙峋的白发老仆走进房间，
端着晚茶问："怎么又冲角落出神？
大概还在等电报和书信？别等了，
莫斯科正有舞会，她早就忘了我们。"

少爷不好意思，看看老仆的红秃顶，
看看他的眼镜，又看他雪白的眉毛……
"不，老人家……没人等什么电报，
咱们玩一把牌，然后早点儿睡觉！……"

1906

在停泊的港湾

我喜欢铜币燃烧的闪光，
当它从轮船上失手滑落，
恰似一滴阳光飞速下降，
划破了舵轮旁边的浪波。

甲板上的乘客面带微笑，
都俯身下看。金币沉没。
波浪、太阳还有天空
给船尾涂上寒冷的光泽。

轮船的棚仓呈现银灰色，
颗颗螺钉铜币一样闪烁。
海鸥舒展雪白的翅膀，
轻触波浪从船边飞掠而过。

1906

莫斯科

三月，春天。特殊的街市
藏在阿尔巴特街的后边……
在那些古老的胡同里面，
顶层阁楼很矮，屋里特冷，
老鼠不少，奇妙的是夜晚。
白天水珠滴落，阳光暖和，
夜间寒冷，空气却很新鲜，
明亮——像古老的莫斯科，
那老式的都城已相去遥远。
坐在窗前，我却不想点灯，
窗户映照月光，我看花园，
仰望天上稀稀落落的星……
春天夜空柔和！月亮安恬！
老教堂的十字架宛如蜡烛，
透过树枝凝视可爱的蓝天，
教堂上那些圆圆的拱顶
如同黄金铸造的头盔一般……

1906

乔尔丹诺·布鲁诺①

“你要在宇宙生存。所谓人寰——
不过是驴子率领的愚昧世界。
尘世充满了欺骗、谎言与罪恶。
憧憬非人间之美你才能生活。

你，大地母亲，亲近我的心——
我喜欢远方的欢乐与笑声，
但是我的欢乐里常有悲哀，
神秘的甜美蕴涵在悲哀之中！”

你看他拄着流浪者的手杖：
告别昏暗的隐修室，随意行走！
他的心与外界的喧嚣格格不入，
现在他独自一人，呼吸自由。

“众人皆奴隶。你们的君主是野兽：
我将推翻盲目尊崇的王权宝座。

① 乔尔丹诺·布鲁诺(1548 年–1600 年),意大利思想家、科学家,勇敢地捍卫和发展了哥白尼的太阳中心说,并把它传遍欧洲,被宗教裁判所判为“异端”,处以火刑烧死在罗马鲜花广场。

你们关在神庙里：我为你们打开门，
看灿烂光明，看蓝天深邃辽阔！

深邃中还有深邃，生活不存在边界。
让我们的目光关注托勒密[①]的太阳——
关注宇宙飓风，数不胜数的星球
在我们头顶运行，闪耀火焰与光芒！”

他无所畏惧，甚至也不怕苍天。
但是摧毁之后——他渴望创造，
在摧毁之中他渴望出现奇迹——
而神奇的创造和谐又美妙！

双眼闪闪发亮，放任幻想飞翔，
为世界带来神秘而欣喜的启迪。
只有真理包含着人生目标和美，
这种追求让心灵更坚强有力。

① 托勒密(约90年–168年)，又译托勒玫，相传他生于埃及希腊化城市赫勒热斯蒂克。古希腊天文学家、地理学家和光学家。

“你呀，姑娘，你生就天使的面庞，
在响亮的古琴伴奏下你放声歌唱！
我可以成为你的朋友或你的父亲……
但我孤独，世上没有我栖身的地方！

我高高举着自己的爱情旗帜，
我知道还有另外的超凡的欢乐：
我属于你，索菲娅，有缘相识，
我要让自己内心的欲望冻结！”

他又成了个漂泊者。再一次
举目眺望远方。眼睛闪亮，
面容严肃。敌对者难以理解，
光是神明。他愿为神明死亡。

“世界乃无底深渊。每个原子
无不浸透着神明的鲜血与生命。
无论生或死。我们唯一尊崇的

是普照整个世界的光之心灵。

你，弹琴的姑娘！你心目中的理想
难道不是这种生活，这样的欢乐？
你啊，太阳！你们，夜晚的星座！
你们只能体验和感悟这样的喜悦。”

于是这身材不高、意志顽强的人
目光熠熠有神，明亮冷峻而威严。
他走向火堆。“死在这奴隶时代，
我将赢得不朽的——自由冠冕！

我要死了——因为这是我的心愿。
烧吧，烧吧！扬弃灰烬，刽子手！
向宇宙、向太阳、向刽子手致敬！——
他将把我的思想传遍整个地球！”

1906

设拉子[1]的玫瑰

歌唱吧，夜莺！她们苦闷：
居住含羞草花纹的帐篷，
她们的睫毛上挂着珠泪，
像颗颗银色钻石那样晶莹。

今夜的花园恰似伊甸园。
既充满情欲又光线朦胧，
帝王后宫向来神秘莫测，
月亮窥视树枝下的隐情。

道道宫墙隐约闪现白色，
有灯光处就有道路通行，
年轻的视线燃烧着欲火，
翡翠一般仿佛蛇的眼睛。

歌唱吧，夜莺！欲望熬煎。
花朵无言——沉默无声：
她们甜蜜的召唤是芳香，

---

① 设拉子，伊朗西南部城市，法尔斯省行政中心。

钻石般的眼泪意味着顺从。

1906-1907

带着猴子流浪

啊，土耳其手摇风琴又沉又重！
克罗地亚人瘦骨伶仃躬背弯腰，
早晨经过别墅，一只猴穿着裙子，
跟着他跑，撅着屁股样子可笑。

猴子眼神忧伤，像孩子又像老人，
克罗地亚人像茨冈生就一张黑脸。
尘土飞扬，阳光灼热，满腹心事……
要去喷泉，离敖德萨还很远很远！

棵棵合欢树掩映着别墅的围墙，
太阳从树林后面升起照耀树叶，
林荫道尽头是闪闪发光的大海，
白昼将很漫长，明亮而又炎热。

让人昏昏沉沉，感到十分困倦，
别墅房顶的瓦片反光犹如玻璃，
德国式的篷车满载着冰块驶过，
飞鸟如自行车掠过竟毫无声息。

渴啊，真想喝口水！有点零钱。
看，卖饮料的售货亭就在路边，
犹太女人面带苦笑递过一杯水，
但路还远，花园、花园、花园……

猴子累了，眼神像老人又像孩子，
伤心。克罗地亚人热得昏昏欲睡，
但猴子要喝水，它用紫色巴掌
贪婪地抓住了泡沫翻滚的水杯。

猴子扬起了眉毛，举着杯喝水，
可是他嚼着白面包嘴里头发干，
脚步缓慢，他走向悬铃木树荫……
萨格勒布，你太远，远在天边！

1906-1907

青春何物！我爱在春天季节
时常去远方的沼泽地打猎，
仰靠在平稳的四轮马车里，
我的双腿旁边卧着伏克斯，
可怜的猎犬兴奋得抖颤不停，
眼睛紧盯着道路，呼呼有声，
吞咽车轮的烟尘，直奔草原……
青春何物！狂热愚蠢的猎犬！

1907,6,30

太阳神庙①

六根大理石圆柱金光闪闪，
绿茵茵的峡谷一望无际，
雪笼黎巴嫩山，天空蔚蓝。

我见过尼罗河与司芬克斯②，
我见过金字塔，你更雄伟，
大洪水前的遗迹，更神奇！

那里的巨大石块黄中泛灰，
荒凉沙海中被遗忘的陵墓，
这里记载青春岁月的华美。

古代帝王身穿的华丽衣服——
四周环绕笼雪的起伏群山——
像彩色晨服把黎巴嫩围住。

① 此处指黎巴嫩巴尔贝克滩羊神庙，位于贝鲁特东北85公里处的峡谷地带，是世界著名文化古迹，据称是世界上规模最宏伟的古罗马建筑群。

② 司芬克斯(sphinx)，即埃及首都开罗附近的狮身人面像。

山脚有牧场，有绿色庄园，
山涧的溪流凉爽而又欢乐，
澄澈透明如同孔雀石一般。

那里有早期游牧部族的村落，
尽管它很荒凉，也被人遗忘，
那柱廊有不朽的阳光闪烁。

那柱廊大门可通向欢乐之邦。

1907,5,6 巴尔贝克

最后的泪水

筋疲力尽，她在秋千上瞌睡。
别墅传来笑声，飞上天空。
一颗星亮了。气温变得凉爽。
月亮升起，欢笑归于平静。

一条光带在海面上流淌。
阳台玻璃门上映出了反光。
她终于清醒了，感到疲乏，
伸手理一理干燥的头发。

沉思片刻。她欣赏着远方。
从窗台上拿起一面小镜子——
镜子闪烁着蓝幽幽的寒光。

是的，鬓斑白：已有银丝。
双眉上扬，内心痛苦悲凉。
夜空悬一轮冷冰冰的月亮。

1906–1908

中午的神灵

在秀美山岩、泥土和野草之间，
我和妹妹放牧着一群黑山羊。
海湾蔚蓝。山脚岩石裸露脊背，
在炎热的阳光下已进入梦乡。

我倚在齐墩果树干燥的荫凉里，
齐墩果树长着粗糙的银树皮——
他来临了，如一群飞蝇嗡嗡响，
又像燃烧的蜘蛛网闪烁光芒。

他让我裸露到膝，把双腿照亮。
他衬衫上的点点银斑放射火光。
他让我仰卧，然后紧紧拥抱，

他的拥抱那么有力那么甜蜜！
他为我的乳峰涂上微黑的环晕，
教我学会如何煎熬甘菊的液汁。

1908,8,12

贝都因人[①]

死海对岸，灰蒙蒙的天边，
山峦隐隐起伏。是午饭时分。
他在约旦购买了一匹骒马，
坐下抽烟。沙土铜一样烫人。

死海对岸，阳光中浮动幻影。
峡谷里面——明亮又炎热，
野鸽子咕咕叫。老鹳草丛，
夹竹桃，有春天鲜红的花朵。

他在瞌睡中抱怨，轻轻歌唱，
唱老鹳草、夹竹桃、柽柳和炎热。
像鹞鹰一样坐着。肩膀上花斑皮衣

滑落……诗人，强盗，牧民之王，
抽烟，心里高兴，轻烟缭绕，
堪与山顶的烟云相比拟。

1908，8，20

① 贝都因人，西亚和北非的阿拉伯游牧民，擅长饲养骆驼，欧洲文献对于实行农牧结合的半游牧民族也称呼为贝都因人。

窗户敞开。洁白的画室里
搬家的痕迹：灰尘，碎纸片。
房间角落里竖着一副画架，
海风从窗外飘来，气味新鲜。

天气晴朗，安静，闪烁金光——
原野辽阔，大海一望无边
台阶旁边有棵弯曲的老梨树，
粉红的树叶纷纷洒落地面。

1908,8,28

狗

回想，回想吧。眼睛金黄，
望着满院风霜，神色暗淡，
望着片片雪花沾满了门框，
望着烟笼雾锁的山杨树冠。

趴在我脚边，不断地叹气，
为了取暖把身子缩成一团……
各有苦闷，思念别的土地，
彼尔姆山那边，另有荒原……

你想的那些心事跟我无关：
在你那寒冷又荒僻的家乡，
天空灰暗，冻土连着冰川。

可我一直愿分担你的忧伤：
我是人：像上帝，我注定
体验各个时代各地的忧患。

1909,8,4

傍晚

我们随时随地把幸福怀想。
幸福无处不在。幸福，也许——
就在板棚后面秋天的果园里，
就是流进窗户的新鲜空气。

深邃无底的天空，白云飘浮，
白云的边沿闪着光亮，我
看云很久。幸福只找有缘人，
我知道人们对此缺乏了解。

窗户敞开。一只鸣叫的小鸟
飞落在窗台。在那一瞬间，
放下书，我移动疲惫的视线。

傍晚时刻，天空辽远空阔。
打谷场上传来脱粒机的轰鸣……
我看，我听，幸福皆在心中。

1909,8,14

看瓜人

又是黄昏，道路、草原、
长长的影子被涂成金黄，
脸苍白朝向燃尽的夕阳；
空气清新，看瓜窝棚里
木然呆立一声不响。

年迈的看瓜人老了，老了！
衰弱，视力差，人生漫长！……
窝棚安静，听得见豆荚爆裂……
什么人能听见老人的叹息，
关注看瓜人暮年凄凉！

1909,8,16

岸

窗外闪耀明媚的春天。
　屋子里是你最后的船，
点燃蜡烛，薄薄木板
　　长长的船。

梳理头发，穿衣装殓，
　毛巾遮盖住苍白的脸——
人散了，把你的同貌人
　　留在房间。

他没有名姓没有朋友，
　没有亲人，没有家园：
孤独的棺材悄然无声，
　　日子凄惨。

你的心灵得到了自由，
　获得安宁，回归自然！
迅速地漂向蓝色大海
　　白色的船。

1909,8,16

墓碑铭文

上帝啊，你无比仁慈，
从不计较恶行与过错！
怜悯大地与尘世的奴仆，
宽恕他的痛苦及罪孽。

我一生尊崇爱情的传承：
违背理智，度过痛苦岁月，
我对兄弟从来不怀敌意，
照你的教诲，我宽恕一切。

我，已深知坟墓的幽静，
我，忍受黑暗中的折磨，
我从深深的泥土之下颂扬
美的语言其魅力永不泯灭！

1909

风又吹过(43 首)

(1910–1919)

从四十岁到五十岁，蒲宁经历了第一次世界大战、十月革命与国内战争，令人奇怪的是，这些重大的社会事件，在诗人的诗篇当中几乎不见踪影，他有意识地远离社会动荡与变革，保持独立思考、精神自由的品性，他关怀的是自然、亲情、爱情、乡情，倾心于艺术追求与探索。母亲的去世，给他留下了难以平复的伤痛。《永不泯灭的光》是一曲爱情的悲歌。而《召唤》《节奏》《语言》等诗篇则是诗人精神坚守与人格独立的见证。蒲宁认为："我们再也没有更贵重的财产，/岁月充满了忧患！/我们对文字务必要倍加珍惜，/不朽的财富——是语言。"诗人梦想发现艺术海洋中的"大西洲"，因此，他像年老的海员，时刻倾听船长的"召唤"，他知道："临终之前做梦，/我还会梦见海船上的缆绳，/梦见无边的海洋波涛万里：/听船长口令我会即刻跃起！"虽然"奔忙，漫无目的！/但若无追求，每个瞬间都令人恐惧"。诗人期待"睁开双眼我看见明亮的光，/听见心脏在均匀地跳荡，/听见诗行和谐的歌曲，/听见星球思索的乐章"。这些作品至今读来，引人深思，给人启迪。

第一次

夜晚一盏灯放在窗台上，
灯光照射乌黑潮湿的花园：
照亮了树叶变黄的树林，
落叶纷纷，花束颜色鲜艳。

保姆坐在窗边的凳子上
织补袜子……临睡觉之前
孩子们边脱衣服边看落叶，
看一丛锦葵在窗户下面。

锦葵好像在瞌睡，沉思，
想着什么心事——恍惚间
第一次发现这房舍花园
夜深时刻像童话一般奇幻。

老房子像恶老头[①]的宫殿，
窗户玻璃显得五彩斑斓

① 恶老头(кащей)，俄罗斯童话传说中的人物，相貌丑陋，贪婪凶狠，据说他拥有长寿秘诀，还有一座存放着无数珍宝的宫殿，他常常在新婚之夜抢掠新娘，把她囚禁在那座宫殿里。

漆黑的夜凝视窗口灯光……
保姆，你怎么还不睡眠？

1906–1910

母亲①

我记得卧室和那盏小灯，
记得暖和的小床和玩具，
记得你亲切柔和的声音：
“小小天使正守护着你！”

多少次奶娘替我脱衣，
一边还不停地小声责备，
而甜蜜的梦让眼睛蒙眬，
我贴着奶娘的肩膀瞌睡。

是你说天使和我同在，
画过了十字，轻轻亲吻，
是你虔诚地为我祝福，
我记得，记得你的声音。

我记得夜晚，小床温暖，
吊灯挂在昏暗角落里，

① 诗人的母亲柳德米拉·亚历山大罗夫娜·楚巴罗娃（1835 年–1910 年），性格温和善良，喜欢普希金和涅克拉索夫诗歌，虔诚信教。母亲去世后让诗人痛苦不已，诗人写诗寄托缅怀之情。

我记得小灯吊链的阴影……
难道那天使不就是你？

1906−1911

明亮月光下的海洋……

明亮月光下的海洋，
温暖、苍白、高空的月亮，
月光如浪缓缓流泻，
释放出隐含着热情的目光。

天上出现山一样的云团：
加百利天使施展天庭的力量，
在暗香飘浮的天国之门，
摇晃着提链香炉迸发出火光。

1911，2，25 印度洋

召唤

如同生活安定的老年海员，
夜晚常梦见大海一片蔚蓝，
梦见桅缆晃动；海员相信
夜晚烦闷时海在召唤他们——
我的回忆就这样召唤着我：
踏上新的行程去重新奔波——
回忆让我漂洋过海去漫游，
去寻找梦寐以求的大西洲，
找不到那座业已消失的岛，
就永远不要返航不要抛锚；
但我知道，临终之前做梦，
我还会梦见海船上的缆绳，
梦见无边的海洋波涛万里：
听船长口令我会即刻跃起！

1911,7,8

普斯科夫乡间松林

远方昏暗，森林轮廓整齐。
高大的松树像红色桅杆，
这遗忘的地方就是家乡，
站在家门口心里忐忑不安。

越思想越觉得恐惧可怕，
我们是否配得上这份遗产？
那是猞猁和黑熊的小路，
直通向童话世界奇妙非凡。

那里的荚蒾果红得鲜艳，
那里的腐土遮盖着苔藓，
那里干刺柏生长浆果，
圆圆的浆果颜色深蓝……

1912

西西里岛

荒凉的山脚下有座修道院，
一度成为海盗盘踞的地点。
修道院被人遗忘破败空旷，
我的心似乎曾在其中游荡：
我喜欢修道居室简陋萧瑟，
我喜欢光裸高墙围拢院落，
围墙残损布满灰色的苔藓，
密集的灌木长在塔楼下边。
块块巨石堆在海岸的斜坡，
表面光滑呈现出灰暗颜色，
那里岩石下的水显得更蓝，
吹拂的清风气味微微发咸，
油橄榄树叶随风轻轻摇晃，
风中散发出和兰芹的清香。

1912,8,1

节奏

挂钟嘀嘀嗒嗒敲过了十二点，
隔壁昏暗的客厅空空荡荡，
瞬间依照次序飞快地奔驰，
奔向空旷、奔向遗忘、奔向坟场。

挂钟暂时收住奔跑的脚步，
再一次雕琢金黄色的花边：
急于追寻的力量主宰着我，
沉浸于富有节奏感的梦幻。

睁开双眼我看见明亮的光，
听见心脏在均匀地跳荡，
听见诗行和谐的歌曲，
听见星球思索的乐章。

全是节奏与奔波。奔忙，漫无目的！
但若无追求，每个瞬间都令人恐惧。

1912

草原

一只乌鸦抬起血红的喙，
站在尸体旁向周围张望。
其他乌鸦斜着眼睛躲避，
灌木丛摇晃着沙沙作响。

乌鸦把一只眼睛吃干净，
还搜寻骨头渣儿作存项。
家乡啊，我可怜的家乡，
世世代代沿袭野蛮荒凉。

1912

萨迪[①]的遗训

要慷慨如棕榈。不然就应当
像柏树树干那样正直、高尚。

1913,6 特拉佩赞德

① 萨迪(1208-1292),波斯诗人,代表作有长诗《果园》(1257)和寓言故事集《蔷薇园》(1258)。

夜晚，寡妇呜咽流泪:
她爱婴儿，可婴儿已经死亡。
邻居老人在哭，衣袖捂着眼睛。
山羊在圈里哭泣，星星闪光。

母亲常常在夜晚流泪。
夜晚的哭声把另一个人惊醒。
星星像泪滴从夜空滑落，
上帝在哭，衣袖捂着眼睛。

1914

语言

陵墓、木乃伊和尸骨沉默无声——
唯独语言被赋予生命；
白茫茫远古，在宁静的乡村古坟，
只有文字才发出声音。

我们再也没有更贵重的财产，
岁月充满了忧患！
我们对文字务必要倍加珍惜，
不朽的财富——是语言。

1915 莫斯科

给诗人

水井挖得越深水就越凉，
井水越凉时就越加清纯。
贫苦牧民喝水洼里的水，
也在水洼里饮他的羊群。
井绳连井绳结要打牢靠，
往井里挂吊桶的是好人。
奴仆点燃两戈比的蜡烛，
把夜里丢失的宝石找寻，
干枯的手掌像长柄木勺，
护着烛光怕被阵风吹灭——
记住：回到阁楼的时候
那颗宝石已握在他手心。

1915,8,27

锡兰

阿拉卡拉山

森林里孔雀鸣叫，暴雨哗哗下。
低洼沼泽与峡谷到处是洪水。
几只大象陷进泥潭，扬起象牙，
长长的鼻子卷向自己的脑门。

云雾中绿色棕榈树呆板如金属。
远处地平线像石墨一样阴沉。
光裸的阿拉卡拉山从林中观望，
恰似乳齿巨象那样高大粗笨。

1915,9,10

在森林边缘树干之间那是狼的眼睛还是星星?
深更半夜，晚秋季节，天气寒冷。
我头顶上光秃秃的橡树披着星光在瑟瑟发抖，
脚下银色的枯叶发出沙沙的响声。

夏天踩出的林中小路如今变得石头一样僵硬。
多么可怕呀，秋天的山羊孤零零!
在铁一样寒冷的季节里狼的眼睛，神的眼睛
像花儿一样开放，像火一样鲜红。

1915,10,29

阿廖努什卡

阿廖努什卡在森林里住，
阿廖努什卡微黑的皮肤。
她的一双眼睛像火一样，
定定地凝视，放射光芒，
阿廖努什卡小小的年纪，
跟父亲喝酒能一饮见底。
阿廖努什卡去森林游玩，
摇晃灌木丛寻找小伙伴，
在森林她跟什么人相逢？
有一棵大松树摇晃不停！
阿廖努什卡觉得挺无聊，
没有可玩的让她很苦恼，
阿廖努什卡点燃一堆火，
火苗遇干柴越烧越猛烈！
阿廖努什卡烧了大森林，
方圆千百里只留焦树根，
阿廖努什卡躲藏在何处？
至今没有人能够说清楚！

1915,10,30

伊丽莎

堂屋里窗口亮着灯光，
　　美人儿难以入眠。
幽暗的树后一轮月亮，
　　像镜子变成碎片。

科马尔在暗地里焦急，
　　天鹅绒衣服燥热，
当时他心里想些什么——
　　想说不好意思说。

伊丽莎呼吸变得急促，
　　她光着双脚下床……
乌黑的发辫已经凌乱，
　　裸露洁白的肩膀。

伊丽莎轻轻走过地毯，
　　然后坐在沙发上……
幽暗树后的那轮月亮，
　　下沉时放射金光。

1915，10，30

蓝色的壁纸已经褪色……

蓝色的壁纸已经褪色，
人们摘下墙上的照片，
照片在那里挂了很久，
挂照片的地方还很蓝。

心儿已忘记，忘记了
早年热爱的许多东西！
只有那些故去的亲人，
才会留下难忘的痕迹。

1916，1，31

山中

在这荒野山坡我如此激动，
朦胧的诗意，难以言传：
空旷峡谷里放牧着羊群，
牧人的篝火冒着苦味的烟！

奇特的不安，隐含欣喜，
心对我说："回返，回返！"
扑面而来的烟带着甜香，
我匆匆离去既羡慕又依恋。

呼唤诗的地方并没有诗。
诗存在于我的遗产当中。
遗产越多，我越富有诗名。

隐隐感悟，我告诫自己，
体验远祖童年时感受的奇迹：
"世界永恒没有不同的心灵！"

1916

停一停，太阳！

金光闪烁的辐条在飞奔，
　我忧愁，我抖颤，
车轮飞转总是滚滚向前，
　我也只能朝前看。

前方有什么？沟壑深渊，
　惨淡的晚霞如血……
噢，但愿像约书亚[①]高呼：
　“停一停，太阳！熄灭！”

1916,2,13

① 约书亚，圣经传说中摩西的仆人和继承人。

青春

干枯的树林里长鞭脆响，
灌木丛中有几头母牛走过，
蓝花星星点点正在开放，
脚底下沙沙响着橡树树叶。

带雨的云团在空中飘移，
清风吹过灰蒙蒙的原野，
忧伤的心儿暗含着欣喜，
生活像大草原一样广阔。

1916,4,7

雨下个不停……

雨下个不停。森林有雾。
云杉频频摇晃着头颅：
“我的天啊！”森林醉了，
雨的潮气在四处飘浮。

孩子在昏暗的护林室里，
坐在窗边敲打着小勺儿，
炉炕上的母亲一直在睡，
潮湿的棚子牛犊哞哞叫。

屋里憋闷，苍蝇嗡嗡响……
为什么黄鸦在林间唱歌？
蘑菇生长，花朵正开放，
青草颜色新鲜恰似蝰蛇。

为什么大脑袋的小男孩，
听着沙沙作响的雨声，
为世界也为护林室烦闷，
用勺儿一再敲打窗棂？

牛犊像个哑巴叫个不停，
云杉树低垂绿色的针叶，
“我的天啊！我的天！”
仿佛是在痛苦地呜咽。

1916,7,7

午夜荒原的一丝音响……

午夜荒原的一丝音响，
天空幽静，大地温暖，
遥远的天边星光暗淡，
干枯的羽茅苦中带甜。

我的猎犬在倾听什么？
置身生活与时光之外。
原野的幽梦如中魔法，
梦境恍惚，倾听天籁。

1916，7，22

最后的熊蜂

黑茸茸的熊蜂穿金黄坎肩，
嗡嗡响着弹奏悲戚的琴弦。
你为什么飞进人的住宅？
是否想陪着我一起伤感？

窗外阳光炎热，窗台明亮，
最近的日子闷热又平静，
飞吧，唱吧，蓟菜干枯了，
你快枕着红色枕头做梦。

你不必了解人们的思绪，
田野早已经变得荒凉，
干枯的熊蜂命丧荒草丛
吹袭的黑风难以抵挡！

1916,7,26

总有一天……

总有一天——我会消失，
这个房间将空空荡荡，
照旧还有桌子、椅子，
还有古老而朴素的圣像。

绸缎上的彩色蝴蝶，
依然会飞舞，颤动翅膀——
在湛蓝色的天花板上
颤动，发出沙沙的声响。

深邃的天空一如往昔，
仍向敞开的窗口张望，
浩瀚的海洋依然诱人，
缓缓起伏蔚蓝的波浪。

1916

在涅瓦大街

车轮扬起细碎的雪尘，
两只乌鸦高傲地飞过，
结冰的玻璃闪闪发光，
飞快地驶过四轮马车。
仆人坐在马车夫旁边，
低垂着头颅躲避风雪，
嘴唇咬紧呈现青紫色，
猎鹰身披猩红的罩衣，
金黄的流苏随风起落……
马车经过了一座桥梁，
很快就被暴风雪淹没……
四周的窗户点燃灯光，
驳船幽暗来往于运河。
桥头的骏马高扬前蹄，
铜铸的青年身体赤裸[①]，
站在狂野的马蹄之下，
面对雪片纷飞的世界……

---

① 圣彼得堡涅瓦大街有三座桥梁，跨越三条运河，其中一座桥，桥头耸立四座人与马的铜雕像，有一匹骏马前蹄腾空，分外壮观。

在嘈杂陌生的大都会，
年轻、孤独、无名的我，
面对无家可归的傍晚，
这一辈子都难以忘却。

1916,8,27

庞培城①

庞培城！多少次我徘徊在
这些大街小巷！我觉得
庞培城死寂犹如博物馆，
比荒凉的墓地陵园更萧瑟。

忘了一切，难道是我的错：
残垣断壁，没有屋顶房梁，
可这里曾经有人生活过，
仙女们跳环舞，舞袖飞扬！

只记得罗马的种种遗迹，
车轮的印痕留在大门前，
记得雾笼峡谷，空中花园。

那是春天。无形蜂房的蜜，
力量在我心里欢快地凝聚，
我仅仅对生命给予怀恋。

1916,8,28

① 庞培古城位于意大利南部地区，公元 79 年维苏威火山爆发被火山灰掩埋,1748 年经考古发掘发现残存的城市遗迹。

卡拉布里亚的牧羊人

褴褛，刀子——乌黑的眼睛
一动不动，一副呆滞模样……
在古老的荒地做着悠远的梦。
鸫鸟歌唱，五六只绵羊。

放眼四周都是荒凉的石头，
远处有庙宇废墟。染料木枯黄。
远方的山脊中午呈现暗蓝，
云朵的阴影笼罩着烧焦的山冈。

1916,8,28

第一只夜莺

月亮在云絮中融化、闪光，
苹果树雪白的花朵开放。

云彩的涟漪轻巧、柔和，
环绕月亮形成蓝色微波。

道旁的树木光裸、寒冷，
夜莺鸣唱，引发出回声。

房间幽暗，敞开了窗扇，
姑娘在月光下梳理发辫。

春天的故事虽已讲过千遍，
可是她觉得既甜蜜又新鲜。

1916

老苹果树

一树雪白，花枝纷披，芳香，
羡慕的蜜蜂，凶狠的黄蜂，
嗡嗡响围绕着你盘旋……
你老了吗，亲爱的女友？
好啊好！什么人能像这样，
真是充满朝气的暮年！

1916

随驼队远行

月光笼罩遥远的南方，
沙漠像水一样闪亮，
忘却吧，忘却你的女友
含有稚气的忧愁目光。

月光下金色的沙土
像水一样起伏、流淌，
心坎里充满了思念，
坐在驼背上轻轻摇晃。

月光下的石头、树丛，
闪着黑压压的幽光。
南方吹来热乎乎的风，
如芳唇的呼吸一样。

1917，8，28

从酒馆小花园……

从酒馆小花园眺望海湾。
午餐点了一杯便宜的酒喝，
葡萄酒涩口，有股怪味儿，
酒浆呈现红玫瑰的颜色。

雨中饮酒，这里春天凉爽，
卡普里扁桃花凌寒开放，——
海湾深蓝色雾霭一片迷蒙，
远处的城市闪耀着白光。

1917，9，10

月亮

我长久沉默的夜晚即将来临。
那时候创造奇迹的主传下旨意，
一颗崭新的星在夜空冉冉升起。

“月亮越升越高，银辉闪耀，
太阳给我容貌，我给世界信息，
即便生命燃尽，我会留下痕迹。”

1917，9，15

铃兰

光秃秃的树林里，寒冷……
你在枯叶之间闪闪发亮，
那时节我还相当年轻，
刚刚涂抹最初的诗行——

你是那样新鲜、水灵，
略带一丝酸楚的芳香，
就永远浸润了一颗心——
我纯洁又年轻的心房！

1917,9,19

永不泯灭的光

在原野，在乡村公墓，
　　在苍老的白桦林里，
没有坟茔，没有遗骨——
　　那里只有幻想的天地。
夏天的风轻轻吹拂，
　　绿色枝条随风摇摆，
你的笑容似一线光明，
　　如丝如缕朝我飞来。
不是十字架和墓碑——
　　此刻，在我的面前
依然是那一身连衣裙，
　　目光明亮楚楚动人。
莫非你当真独守寂寞？
　　难道陪伴你的不是我？
另外一个我留在往昔，
　　相距遥远，万重阻隔。
如今这个人间世界，
　　再没有从前那个少年，
事过境迁，人已衰老，

逝去的青春永不复返!

1917,9,24

蒙蒙发亮……

蒙蒙发亮黎明时分，
年龄十七青春的心。

雾霭迷蒙笼罩花园，
雾气淡紫透着温暖。

楼房神秘一片宁静，
仰望窗户怦然心动。

一道窗帘遮掩楼窗，
后面藏着我的太阳。

1917，9，27

我们俩曾肩并肩行走……

我们俩曾肩并肩行走，
你已不好意思再瞅我，
三月的日子微风吹拂，
空洞的闲聊化为沉默。

天上的白云透着寒意，
花园里面有水珠滴落，
你的脸庞泛出了苍白，
一双蓝眼睛恰似花朵。

我的目光已不敢接触
你那微微张开的嘴唇，
我们并肩走过的地方，
美妙的环境异常温馨。

1917，9，28

月亮升起

沙沙有声树林神秘，
散发出一阵阵暖意。
房前一棵白杨挺拔，
树梢上面银光熠熠，
仿佛是流动的玻璃。

一面金黄色的明镜，
向乌黑的树林俯视。
银辉闪烁的白杨树，
水一样抖颤、流动，
仿佛琉璃般的涟漪。

1917,10,3

走在空旷透光的花园……

走在空旷透光的花园，
干枯的树叶沙沙有声：
仿佛双脚踩到了往昔，
奇异的喜悦涌现心中！
从前诸多甜美的体验，
回想起来，很少珍重！
又一个春天带来希望——
包含多少痛苦与愁情！

1917，10，3

花朵，蜜蜂……

花朵、蜜蜂、青草、麦穗，
天空碧蓝，中午炎热……
总有一天上帝会问浪子：
“你在尘世间可算快活？”

我忘了一切，仅仅记得
这麦穗与青草间的土路——
跪倒在上帝仁慈的膝下，
我无言以对，泪水模糊。

1918

坐在别墅的安乐椅……

坐在别墅的安乐椅，夜晚，凉台……
时时传来摇篮曲……
你相信，这歌曲短暂，轻柔平静，
摆脱思绪你想休息。

阵阵清风徐徐吹来，又缓缓离去，
诉说大海的空旷……
可是这清风守卫着睡眠中的别墅，
保护别墅的安详？

是否风用应有的尺度检验我们的
知识，命运与岁月？
假如你的心愿意相信，那就相信，
默默承认："不错。"

你心中的思绪无疑证明你的生存，
可是你似睡似醒。
海风满怀怜惜轻轻吹拂你的眼睛，
怎么能说缺乏爱情？

1918,7,9

你旅行，你恋爱……

你旅行，你恋爱，你觉得幸福……
你现在何方？——在比斯开湾？
在巴拿马草帽和洁白衣衫之间，
正欣赏起伏的绿色波澜？

你身上古老的血液没有白流。
你欢快，自由，秉性单纯……
黑眸子闪亮，面庞微黑红润，
天生一双可爱的薄嘴唇……

请向伯爵和伯爵夫人鞠躬。
为了那段爱情，我想要亲吻
你孩子般的小手，从今后
再不必隐瞒，不回避任何人。

1918，9

风又吹过……

风又吹过空旷的田野，
冰冷的寒潮再次回返，
心里多么欣喜，当你
步步走向自己的家园，
怕冷的晚霞挂在西天。
条条电话线嗡嗡有声，
背景是水汪汪的蔚蓝，
电线上落着许多雏燕。
北方的冬天发出威胁，
乌云涌动如重重野山！
趁太阳尚有些微暖意，
临近门口把脚步放慢，——
向快乐往昔报以微笑，
没有惊恐，没有遗憾！

1918

“好外婆，请给我迷人的花朵，
心儿爱听往日无忧无虑的民歌，
　　让眼睛享受喜悦。”

“乖孙子，真想给你却没有力气，
那些迷人的花朵并非长在森林里，
　　它们长在潮湿的墓地。”

1918

鸟儿有巢(22首)

(1920-1932)

1920年1月22日，五十岁的蒲宁离开了祖国俄罗斯，离开了祖祖辈辈居住的家园，开始了漫长而艰难的漂泊流亡生涯。他仍然写诗，但诗歌数量逐渐减少，而小说和回忆录的创作则越来越多。1929年在国外出版了唯一的一本诗集《蒲宁诗选》。故园情思成了诗作的主旋律。《金丝雀》《鸟儿有巢……》都是怀念故土的名篇。荒林、枯树、废墟、坟墓，是经常出现在诗人笔端的意象。诗的格调越来越灰暗，悲凉。蒲宁写道：“我总是梦见遥远的荒林，/梦见故园小教堂的废墟，/梦见废墟上荒草凄迷。”诗人悲戚而无奈，但他不甘屈服于命运的捉弄，以倔强的笔触抒发决绝的悲愤：“在这无耻而卑鄙的世纪，/请为受难者把头低下，/这意味着接受苦行戒律，/潜心修行如自闭于坟墓，/誓言在心，坚贞不移。”诗人依然忠实于自己的选择与信念。能给他带来短暂快慰的，除了读书、写作，大概只有游历消遣了。意大利的威尼斯引发诗人的灵感，他用美轮美奂的诗句描绘倒映在碧水中的金色宫殿，形容水城“是一串珊瑚石项链，/在水中的灵台上存放”。让人不能不佩服诗人笔法的高超。

放逐

幽暗，沙漠的黄昏风声呼啸，
　　旷野与海洋……
异国他乡，荒无人烟的地方，
　　谁来缓解心头的创伤？

看前方，黑色受难十字架
　　在道路中间耸立——
能抚慰受伤情怀给予清洗的
　　只有威严的上帝。

1920 布列塔尼

嘎泽拉[①]

冷飕飕的风来自曼扎莱[②]，
火海一样闪耀的曼扎莱，

站在我破败小屋门口外，
看海市蜃楼般的曼扎莱，

看湖边棕榈列队又成排，
湖水与天边衔接曼扎莱。

湖对岸多少国度费人猜，
湖面燃烧似火的曼扎莱！

独自坐门口发痴又发呆，
明镜一般美丽的曼扎莱。

1920

---

① 嘎泽拉，起源于阿拉伯诗艺，后流行于中亚民间的一种诗体：双行排列，尾韵重复，一韵到底。

② 曼扎莱，湖泊，在埃及尼罗河三角洲东北部。

金丝雀

在家乡她一身翠绿……

——布雷姆①

从海外运来的金丝雀，
狭小笼子里的俘虏，
心中忍受着痛苦煎熬，
羽毛变成了金黄色。

娱乐小酒馆的顾客，
歌唱远方奇妙的岛屿，
无论歌唱多么卖力，
难以恢复那一身翠绿。

1921,5,10

① 布雷姆(1829 年–1884 年),德国动物专家、旅行家。著有《动物生活》六册,1869 年出版,享有盛名。

鸟儿有巢①

鸟儿有巢，野兽有洞。
　　年轻的心有多么沉痛，
当我辞别父母的家园，
　　离开故居说声“再见！”

野兽有洞，鸟儿有巢。
　　心儿痛苦啊，怦怦直跳，
当我背着破旧的行囊，
　　画着十字走进陌生客房！

1922,6,25

① 这首诗的情节借鉴了《圣经》,《新约·路加福音》第九章，耶稣说：“狐狸有洞，天空的飞鸟有窝，只是人子没有枕头的地方。”

摩耳甫斯①

幽暗梦乡之王，我的神秘宾客，
你美丽的罂粟花冠像燃烧的火。
你的面庞苍白，你的目光忧伤，
你那么温和，你对我久久凝望。

摩耳甫斯的哑默时刻令人惊恐！
但像童话世界黑暗中烈火熊熊，
神秘的花冠由始至终引领着我，
跟随它一步一步走向欢乐世界。

在那里我的青春幻想了无障碍，
在那里我梦见自己正飞向天外，
在那里没有什么能够让人吃惊——
即便是上帝为我们安排的坟茔。

1922,7,26

① 摩耳甫斯，希腊神话中的梦神，睡神许普诺斯之子，形象为长翅膀的老人，“投入摩耳甫斯的怀抱”，意为酣睡，进入梦乡。

白鹿

猎手骑马奔向绿草地，
苔草和水葱长在那里。
草地上尽是藜芦与鲜花，
还有积聚着春水的水洼。
“白鹿啊白鹿，鹿角金黄！
你最好别在这水草上游荡。”

白鹿看见猎手急忙躲闪，
勇士的骏马轻轻地抖颤，
猎手用鞭子抽打白鹿，
有力的手握紧了弓弩。
谁料到那手臂垂向了马鬃：
白鹿，你让猎手顷刻丧命！

“别抽打，别射箭，好汉！
不久你能够得到一顶花冠，
那就是我送给你的礼物，
我从草地走向欢乐小屋：
那时将结束猎手们的狂欢，

你将回归你的家园，好汉。

早晨我会出现在你的院落，
金色的犄角将在那里闪烁，
我用美酒让来客喝个欢畅，
让你的新娘子变得最漂亮，
免得她泪水沾湿了容颜，
免得她害怕戒指与花环。”

1922,8,1

天狼星

你在哪里呀，我倾慕的星，
　　天空美丽的花环？
你那么迷人，你默默无声，
　　如明月高不可攀！

质朴的青春岁月如今何在？
　　四周曾有亲情呵护，
那老楼房，窗下积雪成堆，
　　流淌松脂的云杉树。

不灭的星斗，尽情闪耀吧，
　　放射出绚丽的光芒，
请你照耀我那遥远的墓园，
　　上帝早已把它遗忘！

1922,8,22

为什么古坟引发幻想……

为什么古坟引发幻想，
浮想联翩缅怀往昔？
为什么坟上那棵柳树
绿色枝条垂得低低？
翠绿的柳树悲凄、柔和，
仿佛还是从前的样子，
或许它知道复活的喜悦，
好像宽恕一切的大地
能够滋生天堂的花朵？

1922，8，25

午夜时分……

午夜时分我起来仰望，
仰望高空苍白的月亮。
看月下的海湾，看山，
远方的山岭闪着雪光……
沙滩上的水轻轻晃动，
寒冷的海洋雾气茫茫……

我顿时领悟人类语言
陈腐贫乏，渺小空泛，
希望与欢欣亦属虚幻，
爱情徒劳，知己可数，
与好友离别忍受熬煎。
没有人能借亲近之情
使人间痛苦得以舒缓。
在这形影孤单的时刻，
默默无言的失眠夜晚，
只能对人生感到轻蔑，
对浮华荒唐心生厌倦

1922,8,25

我青春岁月幻想爱情……

我青春岁月幻想爱情，
生命之晨总浮想联翩，
恰似一群机灵的小鹿，
聚在水流清澈的河湾：

绿树林中的轻微声响，
让美丽的鹿心惊胆战，
敏感的鹿群逃向莽林，
争先恐后，快如闪电。

1922,8,26

睫毛乌黑，闪亮……

睫毛乌黑，闪亮，忧伤，
晶莹的泪珠忍不住流淌。
明眸重又放射天堂之光，
那么幸福，欢欣，温顺——
一切铭刻在心……可世间
再没有年少、天真的我们！

你从什么地方又来见我？
为什么又在我心中复活？
炫耀你不合时宜的美丽，
重温难忘的亢奋与神奇，
上帝让我们匆匆相聚人间，
然后又让你我仓促地分离。

1922，8，27

我总是梦见……

我总是梦见遥远的荒林，
梦见故园小教堂的废墟，
梦见废墟上荒草凄迷。
走进这坟墓般的教堂，
遍布的苔藓舒适惬意，
我总是听见有人说话：
“离开他们肮脏的世界，
以便寻求永世的安逸！
我们的光荣、神圣之剑，
你不妨从腰间暂且取下，
这样的岁月纯属多余。
在这无耻而卑鄙的世纪，
请为受难者把头低下，
这意味着接受苦行戒律，
潜心修行如自闭于坟墓，
誓言在心，坚贞不移。”

1922，8，27

威尼斯

源自中世纪钟声悠扬，
世世代代的怅惘忧伤，
这是生命常新的福气，
这是缅怀往昔的梦想。

这是古人的温馨宽恕，
这是安慰：人生无常！
这是一座座金色宫殿
倒映在碧水中的影像。

这是乳白色团团烟云，
这是云烟缭绕的夕阳。
这是微微扇动的羽扇，
这是远远投来的目光，
这是一串珊瑚石项链，
在水中的灵台上存放。

1922,8,28

一八八五年①

那是个春天，生活轻松。
一座新坟让人惊恐不安，
但生活轻快如空中流云，
似手提香炉冒出的轻烟。

土地像荒原开满了鲜花，
展现在我面前，那么美——
第一首诗和第一次恋爱
随坟墓与春天重又复归。

你是草原一朵平凡的花，
默默地开放，被我遗忘，
在我岁月之晨被死亡践踏，
把我引向永远奇妙的地方!

1922,9,9

---

① 蒲宁写这首诗悼念兄长尤里·蒲宁(1857年–1921年),1885年,14岁的伊万·蒲宁辍学回家,大哥犹里成了他的家庭教师,帮助他读完中学课程,指点他写诗。诗人对兄长充满了敬重与怀念。

豹

浑身乌黑，钻石一样闪亮，
眯缝眼睛流露厌倦的目光，
时而沉醉，视线隐含威胁，
时而凶悍，沉入幻想境界。

原地兜着圈子，排解烦闷，
脚步均匀，没有一点声音，——
在威严的蔑视中静静躺卧，
进入梦乡，梦见炎热似火。

眯缝双眼，仿佛有意回避，
这梦与黑夜让它心有余悸：
似乎乌黑的矿石像座熔炉，
灼热的阳光中有钻石坟墓。

1922,9,9

教堂十字架上的公鸡

高高地凌驾于大地之上，
像船在航行，水在流淌！
像漫不经心，自在轻松，
像一直渴望遥远的行程！

它高昂头颅，无比骄傲，
长尾巴像船尾一样上翘……
整个天空仿佛向后倒退，
而公鸡向前，歌声无畏。

公鸡歌唱，唱我们活着，
唱我们死亡，流年岁月，
日复一日，飞走了世纪，
和行云流水没什么差异。

公鸡歌唱，唱横行欺骗，
唱命运不过是短暂瞬间，
至爱亲朋，父辈的家园，
子子孙孙，一代代循环，

公鸡像在飞行之中歌唱，
唱十字架，唱神的殿堂，
唱持久的只有死亡之梦，
以及它自己才属于永恒。

1922,9,12 安布阿兹

什么在前方？……

什么在前方？幸福的长途。
她的眼睛从容地注视远方，
她青春的胸脯轻轻起伏
衣领护着脖颈，呼吸匀畅，
一缕缕微弱的幽香飘来——
我嗅到的是发缕的清香，
气息的甜美，不禁产生
往昔体验过的情感激荡……
前方有什么？我苦苦注视，
未看前方，却在回首凝望。

1922，9，15

目光注视海洋……

目光注视海洋，注视海洋，
一个裸体的美人儿——
坐在蓝莹莹的礁石上，
雪白的玉足踩着波浪，
她呼唤那些航行的船长：
“船长啊，船长！
你们何苦绕世界远航？
寻找闪光的珍宝，
你们是白费时光！
裸体的美人儿——
像大海的珍珠一样，
有火热的嘴唇，
有凉爽的乳房，
有轻盈的脚步，
有圆润的肩膀！
我的安慰永不消减——
躺在我的怀抱里睡眠，
听我把忧伤的歌儿吟唱！”
船长们不听，继续航行，

可他们的心里顿生惆怅，
一个个全都热泪流淌。
这忧伤之情永不消歇，
无论在海洋，在港口码头，
直到地老天荒永世难忘。

1923,5,10

“又是寒冷的灰色天空，
又是郁闷的道路，空旷的原野，
莽莽丛林如红褐色地毯，
门口有仆人，台阶下有三套马车……”

“啊，一本天真的旧练习册！
当年我凭上帝的忧伤敢怒敢恨？
面对着大好秋光的幸福旅程，
再写出这样的诗句已力不从心！”

1923,6,7

女儿

总是梦见：我有个女儿。
因而我满怀感伤和忧虑。
终于等到了开心的一天，
当她佩戴花冠收拾打扮，
我也情不自禁举起手来，
为她理一理婚纱的丝带。

目睹女儿纯洁的前额，
天真的眼睛流露胆怯，
我不由自主心情沉重，
脸色发白是由于高兴，
我遵从祝福的宗教仪式，
为她最后一次画过十字，

后来我还梦见了什么？
梦见她遭受丈夫的折磨！
我的家变得空空荡荡，
感觉人的青春十分荒唐，
仿佛经过了一场葬礼，

我清醒过来，梦境依稀。

1923,6,7

冬天的荒凉与灰暗……

冬天的荒凉与灰暗，
山麓地带景色萧疏倍显空旷，
远方的丘陵山冈像红色羔皮，
山岭那边让人觉得必有海洋！

那里深渊幽暗。我猜
依据从那边飘来的清新气息，
依据那团团缕缕灰沉沉的云，
沿着蜿蜒山脊烟一样在飘移。

环顾四周，勒住马缰，
似有位惆怅的古人在我心中：
心在渴望，渴望血，渴望火，
当山山岭岭刮起了傍晚的风！

为何对那边如此向往？
“哦，海洋！向来空茫辽阔，
你让我们觉得更加可亲可近，
远远胜过这短暂人生的欢乐！”

1925

只有石头、沙滩和光秃的丘陵，
还有天空穿越云层的月亮，
这一夜为谁而设？只有风，
我们俩，还有陡峭疯狂的海浪。

提到风——为什么掀起浪涛？
说起浪——为什么那么凶猛？
亲爱的，你贴近我倚得更紧，
可亲可爱你胜过我的性命。

我永远不明白我们俩的爱情：
风浪会把我们俩带向哪里？
为避开众人耳目该去何方？
这是主的旨意，我相信上帝。

1926

深夜漫步(11首)

(1933–1953)

1933年，蒲宁荣获诺贝尔文学奖。成为俄罗斯作家获此殊荣的第一人。授奖词称赞蒲宁“以严谨的艺术才能，使俄罗斯古典传统在散文中得到继承”。虽然他的诗名被小说家之名所遮掩，他个人却坚持说自己首先是诗人。的确，他以诗人的身份步入文坛，诗歌为他带来了最初的荣耀，一生几十年创作了大约八百首诗，直到七老八十仍然写诗，抒发情感。晚年作品更多的是回顾人生，抒发孤独、寂寞之情，情景往往是夜晚，雨水淋漓，灯光幽暗，夜不成寐，独自徘徊，偶尔回想早年的恋人，成为昏暗中闪现的一抹亮光。蒲宁的诗是世界诗坛一笔宝贵的遗产，至今散发着优雅的清香，值得我们聆问与欣赏。

熄灭的星啊，你在哪里？

熄灭的星啊，你在哪里？
你在遥远的天边陨落，
默默不语的乌黑大地
将你隐藏，将你吞没。
但是在这夜晚的深渊，
随着你下沉越来越深，
你就让天上那个月亮
越来越闪烁银色光辉。
别了，我会遵照嘱托，
对人生命运恭顺安然——
因为这高傲的光辉啊，
就是对你深切的怀念。

1938

你在平静之中生活……

你在平静之中生活。
早年的壁纸已经发黄，
天花板低矮颜色灰白，
一扇窗户朝向东方。

冬季朝阳刚刚升起，
你就感觉到心情快乐：
温暖的阳光照射地板，
屋里角落生着炉火。

桌上练习册井井有条，
书架排列一本本书，
茶几上的花芳香四溢……
你心想："多么幸福！"

1938，10，18

夜半更深我独自一人……

夜半更深我独自一人，
直到黎明难以入梦。
听得见远方辽阔大海
浪涛声声轰鸣喧腾。

整个宇宙我独自一人，
我俨然是世界主宰——
宁静深渊中隆隆轰鸣，
声音来自远古时代。

1938，11，6

你在窗下徘徊彷徨……

你在窗下徘徊彷徨，
来来去去，痛苦惆怅……
其实我自己倒也愿意，
索性放下这支鹅管笔，
跨过窗台跳到外面，
把你领进春天的花园。

在那里我曾向你表白——
又哭又笑倾诉情怀：
“假如我们路上相遇
仿佛相逢在天堂里，
我会跪倒在你的脚边，
向你吐露我的爱恋。”

1938，11，6

又是夜晚……

又是夜晚，又看见月亮……
草原沟壑空旷，绿草如浪，
河边波纹闪烁微弱的金光，
粼粼的光斑透露着忧伤，
河流下游又出现金色光带，
河面开阔越来越宽广，
那边月夜的天空澄明，
夜色中显现坟墓似的山冈。

1938

夜雨淋漓，房子潮湿昏暗
唯独一个窗口亮着灯光，
寒冷发霉的房子默默伫立，
仿佛被铆在凄凉的坟场。
那里埋着历代祖先和父辈，
他们的尸骨早已经腐烂，
有个失明的老人在守夜，
戴着帽子在长凳上睡眠，
他比所有的老爷更长寿，
是他见证了岁月的变迁。

深夜漫步

月亮俯视着林间空地，
俯视教堂的一片废墟。
宁静月光下两个骨架，
在修道院里漫步对话：
夫人和倾慕她的骑士——
一个没眼一个没鼻子：
“我和您有幸能够相逢，
论原因都归咎黑死病。
我来自十世纪，请问——
夫人是哪个时代的人？”
她回话笑得露出牙齿：
“您年轻！我来自六世纪。”

1938，11，5－1947

四月，那不勒斯附近，
天气那样寒冷又潮湿，
神仙天地让心灵甜蜜……
粉红晕染着峡谷园林，
园林里缭绕淡青雾气，
阴沉的村庄静悄无声，
爆竹柳灰暗呆立不动，
曼陀罗在睡梦中叹息，
土地翻松施过了肥料……
乌云沉沉如浓密羊毛，
其中隐隐暗藏着威胁，
山顶的云层越来越低，
已经笼罩了蓝色峭壁……
让我永远难忘的岁月！

1947

两个花冠

为庆祝我的节日，我戴上
一顶碧绿的桂叶花冠：
它像蛇一样使我前额冰凉，
目睹宾朋热闹的盛宴。

我期待新的花冠，我知道
它由黑色香桃木做成：
在梦一般永远昏暗的墓穴，
让我的前额永远冰冷。

1950

夜

夜冰冷，刮着北风
(它一直刮个不停)。
从窗口看远方闪光，
眺望光秃秃的山岭。
有道金光照到床上
一动不动悄无声息。
月光下不见人影儿，
只有上帝和我自己。
唯独上帝能了解我
死一般的忧伤之情，
深埋心中秘不示人……
寒冷，闪光，北风。

1952

引诱①

中午时分，在树上盘绕摇晃，
吞吐蛇信，伸缩小小的头，
探寻裸体的夏娃，夏娃心慌，
那是一条蛇在频频引诱。
目光恭顺的夏娃又高又苗条，
狮子温驯倚在她双腿旁边，
孔雀在禁果之树上高声鸣叫，
被引诱的少女欢快又羞惭。

1952

① 根据古老的传说，参与引诱夏娃的除了蛇，还有狮子和孔雀。
——伊·阿·蒲宁注

这里的119首诗，有近20首是过去翻译的，当时为余一中和周启超编译的《俄罗斯白银时代精品文库·诗歌卷》供稿，遗憾的是未被采用。2006年4、5月份翻译了60多首（1800行），与赵秋长、臧传真先生翻译的蒲宁中短篇小说一起组成《蒲宁诗文选集》，作为“俄罗斯白银时代文学丛书”七本书当中的一本。

谷羽记于2006，5，27

2006，6，14整理

2008，10，29日再次校对

2009，2，9日再次整理

2013，12，12 已翻译156首

2014，2，17日修订（3360行）

附录

伊万·蒲宁

[俄罗斯] 巴乌斯托夫斯基

杰出的俄罗斯作家，经典文学力量与淳朴的传承者——伊万·阿列克谢耶维奇·蒲宁，死了，死在法国。

蒲宁死在异国的天空下，死在原本可以避免的痛苦漂泊中，死在他自己为自己选择的放逐生涯里，怀着对俄罗斯，对自己的民族无尽的思念，黯然辞世，他死了。

有谁会知道，这个外表平静沉着的人，在孤身独处的日子里，离愁别绪带给他多少悲凉？

我们不想对蒲宁进行评说。也不必回忆他那致命的错误。如今这一切显得都不重要了。

重要的是，他属于我们，我们把这位作家又还给了俄罗斯人民，还给了我们的俄罗斯文学，从今往后，他将在我们的文学中占据一个崇高的位置，他拥有这样的权利，这位置本来就应该属于他。

为纪念蒲宁筹备第一次文学晚会，事先指定我致辞，因此不得不有所准备。我随便翻开了蒲宁的一本书——这样一来，原有的打算全都泡了汤！我读得入了迷，以至于再没有留下什么时间去写有关蒲宁的发言稿。

我把所有的事情忘了个一干二净。蒲宁的才华，蒲宁的语言就具有这种力量。他那无可挑剔的文学造诣，冷峻优雅的风格就具有这种魅力。

蒲宁为人严肃，这是因为他把艺术真实看得高于一切。

我们在评论作家的时候，由于难以克服的偏执，常常错误地给每个作家都贴上一个标签。契诃夫几乎终其一生都在“悲观主义者”和“黄昏歌手”这两个标签下过活。论及蒲宁，人们总免不了说他是“冷酷的大师”，是“缺乏激情的高蹈派作家”。

所有这些标签都是荒谬可笑的，如果你能经常阅读蒲宁的著作，渐渐地就会发现，他冷静的外表下有一颗关注全人类的博大的心，心底承载着俄罗斯乡村不久前所经历的暗无天日的痛苦，包容着俄罗斯乡村孤立无援的悲惨命运。

远的不说，就说今天吧，我又一次重读了蒲宁的短篇小说《衰草》和《先知伊利亚》，我自己也记不清这是读第几遍了。用蒲宁自己的话来形容，两篇小说的每一篇，都像冰冷的剃刀一样，在我的心上留下了条条伤痕。

在我们的文学作品中，像这样引起心灵痛楚、对普通人充满了含蓄关爱的短篇小说是非常少见的。其中不仅仅渗透着对普通人的关爱，而且对他们的思维和心理有充分的理解，透彻的洞察。

人须保持人性，欢乐时如此，痛苦时也应当如此。蒲宁对这一点深有体会。英国作家奥斯卡尔·王尔德身陷牢笼时曾经发出痛苦的呐喊：

“哪里有痛苦——那里就是神圣的土地!”

蒲宁本可以给予回应。

今天，我也是信手拈来，读了蒲宁的诗篇《夜晚的哭声》。依我看，在世界诗歌中，能够以这种悲悯的力量使人心灵得以净化的诗作并不多见。下面就是这首短诗：

夜晚，寡妇呜咽流泪：
她爱婴儿，可婴儿已经死亡。
邻居老人在哭，衣袖捂着眼睛。
山羊在圈里哭泣，星星闪光。

母亲常常在夜晚流泪。
夜晚的哭声把另一个人惊醒。
星星像泪滴从夜空滑落，
上帝在哭，衣袖捂着眼睛。

《阿尔谢耶夫的一生》是蒲宁带有自传性的小说，在这本书中，照契诃夫和列夫·托尔斯泰的说法，作家在散文领域可谓达到了极致，他使散文与诗融合为一个不可分割的有机整体，让你难以区分诗与散文，每一个词都在你的心里留

下火热的烙印。

要明白这些论述的精辟，只消认真读几行蒲宁的文字就足够了，看他怎样写自己的母亲，写永远迷失了的母亲的坟茔，能写出这些文字的人，活在世上的日子，从本质上说来，可以归结为一点，就是探究爱的力量，为这种爱寻找唯一可行的、不容替代的表达方式。

蒲宁写这些文字总是惜墨如金，就用语的吝啬及语言所蕴涵的力量而论，有几分近似《圣经》的风格。

大多数读者知道蒲宁，十有八九把他看成是一位散文作家。

但是，作为诗人，蒲宁的诗同样达到了一流水平，绝不亚于他的散文。他有许多出类拔萃的诗篇。

这些诗歌作品，正像他的散文一样，表明了作家非凡的才能，如果可以这么说的话，凡是他描绘的事物，都能够达到出神入化的境界。

蒲宁在短暂的瞬间往往就能捕捉住人与景物的特征，并用语言给予表达，而这些特征把握得十分准确，借助这些特征就能把他想要表现的本质烘托出来。

的确，蒲宁是严肃的，严肃得近乎冷酷。然而，这并不妨碍他以巨大的力量描写爱情。对于他说来，爱情的内涵，远比平常人想象的更博大，更丰富。

在蒲宁的心目中，所谓爱——就是对全部美好事物的感悟，是对世界上种种复杂关系的体验。在他看来——黑夜、白昼、天空、海洋永不停息的喧腾、书籍与思考，总而言之，我们周围所存在的一切，全都意味着爱。

蒲宁笔下的风景是那样细腻，丰富，具有地理学意义上的多姿多彩，同时又充满了抒情的力量，关于这些三言两语是讲不完的，这个题目需要另找时间专门细谈。

蒲宁驾驭俄罗斯语言得心应手，达到了完美的地步。只有对自己的国家无限热爱的人，才能像他那样了解自己的母语。

蒲宁的语言质朴，有时候显得过于简约，他的文字准确，同时又很生动，音韵声调极为丰富——既有雄浑的金属齐鸣，又有山泉流淌的清亮透明，既有铿锵的节奏，又有令人惊奇的柔和，既有飞扬灵动的曼吟轻唱，又有隆隆作响的滚滚沉雷。

在运用语言这一领域，蒲宁几乎是难以逾越的大师。

和每一个大作家一样，蒲宁常常思考什么是幸福。他期待幸福，寻找幸福，当他找到幸福的时候，就慷慨大度地与人们分享。

从这个意义上来说，他的几行诗句特别能说明他的创作个性，因此，我愿意引用它们来结束我的漫谈：

我们常常只能回忆幸福。
可幸福无处不在。也许——
幸福是棚子后秋天的花园，

又是涌进窗口的新鲜空气。

我久久仰望无底的天空，
轻巧的白云啊连绵起伏。
我们很少仰望，我们不懂，
幸福只有会心者才能感悟……

1956（2300）

谷羽译

【译后记】康·格·帕乌斯托夫斯基（1892–1968），俄罗斯著名散文作家，其散文随笔清新淡雅，富有抒情色彩和诗的韵味。作家热爱自然，关注人生，追求美与和谐。《伊万·蒲宁》深入浅出地剖析了蒲宁的伟大人格及创作个性，表达了作者对这位诺贝尔文学奖得主的由衷推崇。这篇散文选译自《帕乌斯托夫斯基文集》第五卷（1958）。

载《散文》杂志 2010 年第 6 期

剪不断的故土情结
——俄罗斯侨民诗人怀乡诗赏析

谷羽

19 世纪末最后10年至20世纪20年代，俄罗斯诗坛相继出现了象征派、阿克梅派、未来派、意象派，涌现出一大批才华横溢个性鲜明的大诗人，把俄罗斯诗歌创作推向了一个崭新的阶段，这就是“白银时代”，与普希金和莱蒙托夫为代表的“黄金时代”遥相呼应。

1914 年爆发的第一次世界大战，1917年十月革命，使俄罗斯陷入了空前的社会震荡。有的诗人，像马雅可夫斯基、勃留索夫站在了革命阵营一边，为进攻的阶级擂鼓助威，高唱战歌，但更多的诗人感到迷惘、惶惑与惊恐，纷纷离开俄罗斯，流亡国外，柏林、巴黎是他们的栖居之地，其中也有人漂洋过海到了美国。漂泊的诗人没有放下手中的笔，他们继续写作，甚至创办了期刊，俄罗斯侨民诗歌创作形成了第一次浪潮。

俄罗斯侨民诗人大都出身于贵族阶层，贵族意识、传统的道德观念，注定了他们难以留在国内。但是俄罗斯的森林

旷野白桦雪原、俄罗斯的文化宗教礼仪习俗又让他们深深依恋，难以割舍，因此，怀念故土，抒写乡愁就成了他们反复吟唱的主题。

在异国土地的城镇都市，
经过多年的颠沛流离，
要绝望常有种种缘由，
我们走进了绝望的境地。

走向绝望，走向最后的安逸，
我们仿佛走在寒冷的冬季，
在邻村教堂里作过晚祷，
踏着俄罗斯积雪走回家去。

短短八行，包容了无限的感慨与悲凉：多年在国外漂泊流浪，居无定所，常常陷于绝望的困境。抒情主人公意识到已濒临死亡，然而他并不恐惧，反而把死亡视为解脱，视为“最后的安逸”。死亡给他的感觉，就像“在邻村教堂作过晚祷，踏着俄罗斯积雪走回家去”。死亡能使他超脱有国难投、有家难回的绝望，实现魂归故里的夙愿，那一望无际的俄罗斯积雪正好消解俄罗斯游子的思乡愁绪。诗人的怀抱是那样纯洁，那样开阔，他的忧思得到了净化与升华，显得澄澈透明。

这首诗的作者戈奥尔吉·伊万诺夫（1894–1958），是俄罗斯阿克梅派诗人，1923年离开彼得堡。他还有一首怀念皇村故居的诗写得独具个性：

没有必要与厄运争执，
我也不想与定数对抗。
啊，我只盼些许柔情，
重温皇村窗口的风光，
太阳照耀绿色林荫道，
你沿着小路款款走来，
真难形容有多么漂亮！
白色连衣裙配上白鞋，
怀里抱着一束紫丁香，
就连清风也脉脉含情，
轻轻抚弄着你的秀发，
影子似的在身后飘荡，
黑色的缎带袅袅飞扬……

你说，我们怎么成了这样？
怎么竟成了侨民流落异邦？

人，难以把握自己的命运，在时代的急风暴雨中，个人往往是飘零的落叶。伊万诺夫在这首诗中既抒发了对故乡、

对美好年华的眷恋之情，又发出了人生无奈的感叹。诗中最为动人之处是多姿多彩的细节描绘。当抒情主人公缅怀往昔，仿佛又置身于皇村故居的窗口，凭窗凝望，注视着心上人从林荫道上缓步走来。只见她白衣、白鞋，怀抱紫丁香，秀发随风飘扬，黑色缎带一起飞舞，而背景则是绿色林荫和穿过枝叶洒下的缕缕金色阳光。白、紫、黑、绿、金，五彩斑斓，多么清丽！诗人那支富有灵性的笔似乎不是在写字而是在绘画。景色栩栩如生，人物呼之欲出。最后两行是两个问句，那口吻既是问女友，又像在扪心自问，同时也在问读者、问诗人的同代人。每个面对提问的人，都不免想一想那个时代以及诗人的命运与遭遇。

谢维里亚宁（1887–1941）是俄罗斯白银时代未来派诗人。1918 年在莫斯科被推举为“诗歌之王”，让马雅可夫斯基屈居次席，很长时间耿耿于怀。同年年底，诗人陪母亲去爱沙尼亚治病，滞留在塔林，再也没有返回俄罗斯。侨居国外期间，他写了许多怀念乡土的诗，请看其中的一首：

往往有这样的日子：我怨恨
我的祖国——我的母亲。
往往有这样的日子：我倾心
歌唱她，没有人比她更亲近。

她的一切一切都充满了矛盾，

她有两副容貌、两样灵魂。
就连少女，笃信奇迹的少女，
也未能脱俗而格外沉稳。

扁桃花似雪，冬天温存。
既有钟声，也有手风琴。
天气阴沉，云雾却透明。
既像是乌鸦，又像鹰隼。

拆毁了伊维尔大教堂，
诅咒是母亲，爱抚是母亲……
而你向往那广袤的怀抱，
一片痴情，一颗游子心！

我知道自己是俄罗斯子孙。
欲飞上晴空，却在沉沦。
我自己对自己也不了解，
我是流落异邦的俄罗斯人！

这是一首交织着怨恨与挚爱、向往与失落的歌。抒情主人公像个受到误解和惩罚的孩子，被母亲赶出家门，不许回家，孩子一阵冲动，怨恨母亲，但事后想想，又十分懊悔。母亲毕竟是母亲，没有人比她更亲近，因而还是倾注满腔的激情歌唱她。

正像母亲有时候不理解儿子一样，儿子有时候对母亲也不理解。他觉得祖国有两副容貌、两样灵魂，对自己的子女爱憎不一、亲疏不同，尽管游子向往祖国广袤的怀抱，但母亲板起面孔，不予宽容、不予接纳。这让作为侨民的俄罗斯子孙大为困惑。虽然他有凌云壮志，想为俄罗斯做一番事业，有所成就、有所贡献。但沦落异邦，生活艰苦，也只能在回忆与幻想中渐趋消沉，天长日久，忧郁主宰了生活，诗人便写了《忧郁的经验》这首诗：

我有一条经验，忧郁的经验。
别人的毕竟属于别人。
该回家了；海湾闪光如镜面，
春天正走近我的房门。

还有一个春天。也许
已是最后一个。没有关系！
这春天能使心灵省悟，
那背离的国家究竟好在哪里。

自己有住宅，无须再盖房。
有一处居室足可称心。
据他人之物为己有实在荒唐，

别人的毕竟属于别人。

两次出现的诗句：“别人的毕竟属于别人”，是底蕴丰富的痛苦慨叹。国家是别人的，社会环境是别人的，住房是别人的，交际的语言是别人的，似乎连空气也是别人的，春天也是别人的，属于自己的却相隔遥远。这种生活怎能不显得怪诞荒唐?诗人盼望返回俄罗斯，尤其当春天降临，他在心里重温旧梦，缅怀在祖国度过的那些日子，缅怀亲朋好友，诗歌朗诵会，热情的读者，兴奋的听众，这既使他慰藉，又使他悲伤，甚至产生懊悔：为什么要离开那片土地呢？既然那里有栖身之地，何苦要跨越那条疆界，自寻烦恼？诗人渴望回国，想方设法与国内的朋友联系，列宁格勒的诗人罗日杰斯特文斯基出面与当局交涉斡旋，遗憾的是一切努力皆属徒劳，谢维里亚宁最终是遗恨终生、葬身于海外。

蒲宁（1870–1953）也属于白银时代，他的小说享有盛名，1933 年获诺贝尔文学奖，成为俄罗斯作家中获此殊荣的第一人。但蒲宁的诗也写得很好，其实他是以诗人身分步人文坛的，1903年，他因诗集《落叶》获得俄罗斯科学院普希金奖。值得指出的是，蒲宁的诗歌创作与白银时代的诸多流派保持了距离，他所遵从与推崇的依然是融合抒情与哲理的俄罗斯写实主义的文学传统。1920年，蒲宁离开俄罗斯，辗转到了巴黎，后来长期居住在法国东南部的小城格拉斯。侨居法国期间，伴随着蒲宁的是对俄罗斯土地、俄罗斯文化的

苦苦思念。让我们来欣赏蒲宁写的一首无题短诗：

鸟儿有巢，野兽有洞。
　　年轻的心有多么沉痛，
当我辞别父母的家园，
　　离开故居说声“再见!”

野兽有洞，鸟儿有巢。
　　心儿痛苦啊，怦怦直跳，
当我背着破旧的行囊，
　　画着十字走进陌生客房!

诗末注明写于1922年6月25日，诗人离开祖国已将近两年，但对家乡、对故园念念不忘，无时无刻不牵挂在心中。看到鸟儿能在树上筑巢，野兽能在土里挖洞，想想自己，漂泊不定，无容身之地，诗人怎能不感伤？1922年，蒲宁已经52岁，渐渐走向暮年，因而更易感慨。这首小诗语言质朴，结构严谨，整体构思立足于对比与反衬。鸟巢、兽洞、父母的庄园、出生的家屋、陌生的房子，相互联系又相互烘托，寥寥几笔就画出了人世的坎坷，命运的难料。蒲宁写诗，斟词酌句，异常精确，看似平易，却耐人寻味。“破旧的行囊”，道出了行旅的艰辛和旅程的漫长。“租来的陌生房子”，两个修饰语叠用，表现了诗人的酸楚与悲凉。“鸟儿

有巢，野兽有洞”两次出现，但语序颠倒，工整中出变化，形式新颖，类似我国古典诗歌中的起兴手法。所有这些艺术笔法都使我们能约略窥见蒲宁的诗艺特色，领略这位俄罗斯经典作家的悲悯情怀。

赏析俄罗斯几位诗人的怀乡之作，不由得想起了一首汉语诗，题为《野生植物》：

有叶
却没有茎
有茎
却没有根
有根
却没有泥土

那是一种野生植物
名字叫
华侨

破碎、断裂、残缺的意象，频频闪入眼帘，让人心灵震颤，感到切肤之痛。恍惚之间，排列有序的诗节就是一株被齐根斩断的植物，脱离了大地。两个诗节之间的空行俨然是一把横置的刀锋，森森然冒着凉气。

这首短诗的结构很有特色，句式排列采用了“有”与

“没有”，即肯定、否定，再肯定、再否定的序列，单句与双句形成了矛盾与冲突。虽然肯定在前，否定在后，但诗中隐含的故土情结却生生不息，用“抽刀断水水更流”来形容，十分贴切。野生植物生存在陌生的环境，天时地利人和的条件均不具备，它们屡屡受到伤害。然而，正是生存的艰难赋予它们以刚毅和坚韧，而思乡之情是它们获取力量的源泉。

《野生植物》一诗的作者是菲律宾华裔诗人云鹤，1942年，他出生于马尼拉，祖籍福建厦门。据诗人自己说，《野生植物》一诗从酝酿构思、写成初稿、反复修改到最后定稿，前后经过了十五年之久。题目改过两次。原来最后一行两个字为“游子”，几经推敲才定为“华侨”。由此可见，这首诗非一般的笔墨之作。它是由心血与生命凝就的艺术品。每一位海外炎黄子孙、亿万大陆同胞的心灵，都是这棵《野生植物》落地生根借以生存的沃土。

真正的诗歌作品具有巨大的艺术包容性。我们不妨设想，假如俄罗斯诗人伊万诺夫、谢维里亚宁、蒲宁依然活在世上，假如他们有幸看到云鹤的《野生植物》，他们必定会击节赞赏，会情不自禁地说：“好诗！好诗！佩服!佩服!”同时，他们也许会提出一个小小的请求：把“华侨”二字改为“侨民”。同病相怜，他们感到自己也是“野生植物”。

侨民离开故土，大都有难言的苦衷。或迫于生计，或由于局势动荡，社会环境不容，或信念有别，另有追求，不得不背井离乡，远走海外，但是不管走到哪里，他们的心仍在思念祖国。文化传统和语言，像千丝万缕无形的线把他们和生根的土地紧紧地联系在一起。也许他们不会把故国情思时时挂在嘴边，但夜深人静之时，他们在梦中往往魂飞故里探望亲人，漫步家乡的土地，热泪盈眶。但愿人们对侨民多一些理解、尊重、同情与宽容，或许认识理念信仰有种种差异，但热爱乡土认同传统文化的心会贴得很近。当远游的侨民诗人有机会回归故土的时候，相信他们的诗笔必会一扫往日的苦涩，而谱写新的诗篇抒发团聚的欢畅。

载《名作欣赏》，2000年第3期

蒲宁生平与创作年表

1870年10月22日，伊万·亚历克谢耶维奇·蒲宁出生于沃罗涅日一没落贵族世家，父亲亚历克谢·蒲宁是退伍军官。

1874年，蒲宁随父母迁往奥尔洛夫省叶列茨县，在祖父的布狄尔卡庄园和外祖母的奥泽尔庄园度过童年，有家庭教师管教接受教育。

1878年，七岁的小伊万写了第一首诗，表现了这个男孩儿的聪明与天分。

1881年，开始在叶列茨县贵族学校读书。

1885年，十四岁的伊万·蒲宁未能读完四年级，由于未及时返校和欠交学费，被学校除名。他的兄长尤里·蒲宁因参加民意党遭受监禁回到家乡，伊万在哥哥指点帮助下，自修中学课程。

1886年，十六岁的伊万已经有意识地坚持写诗。

1887年，在《祖国》杂志初次发表诗作《乞丐》。

1889年秋天，十九岁的蒲宁开始在《奥廖尔信息》报编辑部工作，先后做过校对员、编辑助理等。比他大一岁的瓦尔瓦拉·帕欣科也在这家报纸编辑部任职，两人开始恋爱。

1891年，二十一岁的蒲宁在奥廖尔出版第一本《诗集》(1887–1891年作品集)。

1892年，蒲宁与帕欣科恋爱，遭到帕欣科当医生的父亲干预，他不同意女儿嫁给清贫的诗人蒲宁。两个年轻人离开奥廖尔，迁居波尔塔瓦，开始同居。蒲宁谋到一份公职，并在当地报纸发表随笔和小说。

1892年至1894年，蒲宁的诗歌和小说开始被首都报刊陆续登载发表。

1893年至1894年，蒲宁深受列夫·托尔斯泰思想影响，他认为这位大作家体现了艺术创作的威力和道德的尊严，他想自食其力，从事体力劳动，并且学会了箍桶的手艺。

1894年，由于性格不合，经常争吵，蒲宁与帕欣科分手。这次恋爱给他留下了长久的痛苦和终生难忘的印象。

1895年，蒲宁辞去公职，转赴彼得堡，然后到莫斯科，进入首都文学界，结识了米哈伊洛夫斯基、契诃夫、柯罗连科、库普林等作家。他和诗人巴尔蒙特及勃留索夫起初关系友好，但几年之后开始产生隔阂与矛盾，在这之后他对这两位诗人的创作一直给予激烈的抨击。

1896年，蒲宁翻译的美国诗人朗费罗的《海华沙之歌》俄文译本在报刊发表。

1897年，蒲宁出版小说集《在社会边缘》。同年结识契诃夫，并与“南俄艺术家协会”关系密切。

1898年，二十七岁的蒲宁与希腊侨民女子安娜·帕夫洛夫娜·察克尼结婚。同年出版第二本诗集《辽阔的天空下》。

1899年，蒲宁结识高尔基，后者帮助他成为“知识”出版社同人。他们之间的友谊一直延续到1917年，之后蒲宁疏远了高尔基，不认同他的政治倾向和革命活动。

1900 年，发表小说《安东诺夫卡的苹果》。同一年蒲宁出国到柏林、巴黎、瑞士旅游。

1901 年，诗集《落叶集》出版。

1903 年，三十二岁的蒲宁因《落叶集》和《海华沙之歌》俄译本荣获俄罗斯科学院颁发的普希金奖。

1904 年，游历法国和意大利。

1905 年，蒲宁与察克尼的独生子五岁的科里亚夭折。

1906 年，开始主持编辑《真理》杂志小说栏目和《北极光》杂志小说栏目。

1907 年，蒲宁结识维拉·尼古拉耶夫娜·穆罗姆采娃（1881–1961），不久结为伴侣，偕同远赴埃及、叙利亚、巴勒斯坦、锡兰等国家和地区旅游。此行的收获是撰写了随笔文集《太阳神庙》。穆罗姆采娃日后写了《蒲宁的一生》。

1909 年，蒲宁被俄罗斯科学院推举为名誉院士。第二次荣获俄罗斯科学院颁发的普希金奖。他在去意大利旅游期间拜访了居住在卡普利岛的高尔基。

1910 年，蒲宁的中篇小说《乡村》在《当代文学》3月号发表，引起文学界激烈争论，从而奠定了他在文坛的重要地位和名望。

1912 年，中短篇小说集《苏霍多尔》问世。同年10月，社会各界庆祝蒲宁文学创作二十五周年。

1913 年，诗文集《约翰·雷达列茨》出版。

1914 年，游览伏尔加河。第一次世界大战爆发。

1915 年，小说集《生活之杯》出版。《蒲宁作品六卷集》在马尔克斯出版社出版。

1916 年，小说集《来自旧金山的先生》出版。

1917 年，十月革命爆发。蒲宁持反对态度。

1918 年5月21日，离开莫斯科，赴白军控制的敖德萨。

1920 年1月26日，在敖德萨搭乘法国轮船离开俄罗斯，经过土耳其、保加利亚、塞尔维亚，流亡巴黎。

1921 年，在巴黎出版侨居国外的第一本小说集《来自旧金山的先生》。

1922 年，迁居法国南部尼斯附近的小镇格拉斯，潜心于文学创作。

1924 年，完成中篇小说《米佳的爱情》。

1926 年，出版诗文集《中暑》。

1927 年，开始与年轻女作家佳丽娜·库兹涅佐娃交往，保持情人关系长达十五年。

1927 年至1933年，创作长篇小说《阿尔谢尼耶夫的一生》。

1929 年，出版《蒲宁诗选》

1933 年，蒲宁因“以严谨的艺术才能，使俄罗斯古典传统在散文中得到继承”，荣获诺贝尔文学奖。成为俄罗斯作家获此殊荣的第一人。

1934 年，柏林彼得波里斯出版社出版蒲宁十二卷文集。

1936 年，在外出旅游途经德国时遭受拘留和搜查。

1937 年，专著《托尔斯泰的解脱》在巴黎出版。

1940 年，德国法西斯占领法国后，蒲宁夫妇一度逃离格拉

斯，后来迫于无奈又返回原地。在入侵者统治下，蒲宁在格拉斯的寓所成了犹太人的避难地。同年从格拉斯迁居巴黎，开始同苏联驻法使馆人员谨慎接触，考虑回国定居的可能，但几经犹豫，未能成行。

1943 年，小说集《幽暗的林荫道》在纽约出版。

1946 年，小说集《幽暗的林荫道》在巴黎出版。

1950 年，耗费十年心血精力的《回忆录》在巴黎出版。

1953 年11月8日，流亡三十三年、八十三岁的蒲宁在巴黎病逝，终究未能落叶归根。

1954 年1月30日，蒲宁遗体下葬在巴黎郊区布瓦小镇的旅法俄侨东正教公墓。同年，蒲宁作品在苏联出版，成为第一个回归祖国的侨民作家。

2013，11，26-29